Für immer Maskenball

12 Geschichten

Tobias Hülswitt (Herausgeber)

Für immer Maskenball
12 Geschichten

Herausgeber
Tobias Hülswitt

Autor:innen
Der 18. Jahrgang der
Reportageschule

**Gestaltung, Satz &
Titelbild**
Andreas Gregor

Projektleitung
Ariel Hauptmeier,
Philipp Maußhardt

Kontakt
info@reportageschule.de
www. reportageschule.de

Post
Spendhausstraße 6
72764 Reulingen

ISBN 9783757862534

Herstellung und Verlag:
BoD – Books on Demand,
Norderstedt

Copyright
Die Reportageschule 2023 –
Nachdruck erwünscht!

Bibliografische Information der
Deutschen Nationalbibliothek:
Die Deutsche Nationalbibliothek
verzeichnet diese Publikation in
der Deutschen Nationalbibliografie;
detaillierte bibliografische Daten sind
im Internet über *dnb.dnb.de* abrufbar.

Inhalt

Vorwort — 6

Teil 1—Für immer Maskenball

Dennis Frasch: **Für immer Maskenball** — 10

Frederik Mittendorff: **Hauptgewinn** — 13

Janina Bauer: **Allein, allein** — 16

Teil 2—Dosensekt von Aldi

Anna Dotti: **Wie viele Fragen?** — 24

Celine Schäfer: **Leere Tage** — 27

Hannah Mara Schmitt: **Candlelight-Dinner** — 32

Lars Graue: **Die Erste** — 37

Lisa Plank: **Dosensekt von Aldi** — 43

Tanja Mokosch: **The Simple Life** — 46

Teil 3—Himbeeren auf dem Balkon

Jonas Mayer: **Ermias** — 52

Marie Heßlinger: **Himbeeren auf dem Balkon** — 58

Bonus

Laila Sieber: **Scheinhaft** — 68

Vorwort

GESTERN war der Eiffelturm doch noch da. Heute ist er verschwunden. Warum fallen Bomben auf Paris? Wie kommt es, dass ein herbeigewünschter Bürgermeister plötzlich wirklich in der Tür steht, noch dazu – wie gewünscht – blutverschmiert? Und sind die Machenschaften einer lang beobachteten Zielperson jetzt real oder nicht? Der erste Teil der versammelten Geschichten – Frederik Mittendorffs *Hauptgewinn*, Dennis Fraschs literarische ADHS-Studie *Für immer Maskenball* und Janina Bauers *Allein, allein* – kreist um genau die Fragen, die für Reporter:innen in ihrer täglichen Arbeit von größter Bedeutung sind: Wie real ist die Beobachtung? Wann sind Fakten Fakten, Irrtümer Irrtümer und Illusionen nur das? Kann Wahn Wahrheit sein?

Der zweite Teil hält es autofiktional. Hart an der Wirklichkeit, an der Erinnerung, aber eben nicht nur. In der Verdichtung wird das Kollektive der persönlichen Erfahrung spürbar. Wer kennt sie nicht, die aus den Umständen geborenen Lockdown-Beziehungen, die sich nach der Pandemie genauso schnell auflösten, wie sie während ihr entstanden waren? Tanja Mokosch erzählt davon in *The Simple Life*, während Celine Schäfer (*Leere Tage*), Lars Graue (*Die Erste*), Anna Dotti (*Wie viele Fragen?*) und Hannah Mara Schmitt (*Candlelight-Dinner*) von Begegnungen und Wiederbegegnungen ganz unterschiedlicher Art erzählen. Und was ist, wenn sich eine junge Frau wie die Erzählerin in Lisa Planks *Dosensekt von Aldi* plötzlich in genau der Gesellschaft wiederfindet, die sie als Kind zu verachten lernte? Auch hier, wie im ersten Teil, werden Illusionen auf die Probe gestellt.

Und schließlich der dritte Teil. In ihm wird es episch. Wenn Marie Heßlinger in *Himbeeren auf dem Balkon* durch die Augen eines Jungen von der Liebe zwischen Tante Hannah und Onkel Franzl erzählt, liest es sich wie der Auftakt einer Familiensaga. Und Jonas Mayer übt sich in *Ermias* in einer Kunst, die wir selten sehen, auch wenn sie bedeutende Tradition hat: der Text, in dem Fakten und Fiktionen gleichwertig nebeneinanderstehen, sich ergänzen und gemeinsam den Gegenstand erfahrbar machen – in diesem Fall die tödliche Natur der Überwachung selbst seiner im Ausland lebenden Communitys durch den eritreischen Staat.

Die ehemalige Studentin der Reportageschule Laila Sieber steuert den ‚Bonustrack' *Scheinaft* bei, das schonungslose Bild eines Fehlers.

Mit dem vorliegenden Band beweisen die Studierenden der Reutlinger Reportageschule einmal mehr, wie sehr es sich lohnt, wenn sie „den Stift umdrehen" und die Wahrheit durch Fiktion erzählen.

Tobias Hülswitt
August 2023

Teil 1–
Für immer Maskenball

Dennis Frasch:
Für immer Maskenball

WÄRE doch nur ein Zyklop gekommen und hätte Damian das Dach über dem Kopf weggerissen. Dann hätte Damian gesehen, dass die Welt brennt, weil die Zyklopen aus den Vulkanen gekraxelt sind, gottgleiche Gewitterdämonen, von Zeus erneut befreit, um die Menschen zu knechten. Dann wäre Damian ganz ruhig geworden, das Durcheinander in seinem Kopf hätte sich zu einer militärischen Ordnung gefügt. Es wäre ihm gut gegangen.

„Ich weiß nicht mehr, wer ich bin", sagte Damian.

Es war das erste Mal, dass er diesen Satz aussprach. Seit einigen Wochen schwirrte der in seinem Kopf herum. Natürlich nicht in diesen Worten, dafür hätte er dem Geplapper in seinem Kopf genauer zuhören müssen. Es war mehr ein Gefühl.

„Sie sind ein anpassungsfähiger junger Mann", sagte Frau Bernstein nach einer langen Pause.

Damian seufzte und blickte in alle vier Ecken des Raumes. Ein eigens für ihn gebauter Folterkeller hätte genauso ausgesehen. In dem Raum, groß wie ein Klassenzimmer, gab es: nichts. Außer zwei Ledersesseln, die einander gegenüberstanden. Und eine weiße Uhr an der Wand, wie man sie von Bahnhöfen kannte. Nur dass der Sekundenzeiger dieser Uhr tickte und nicht lautlos von Sekunde zu Sekunde glitt. Und weil Damian in der Stille sogar Frau Bernsteins Herzschlag zu hören glaubte, kam ihm das Ticken so laut vor wie die Schläge eines Schlagzeugs. Aber da war kein Schlagzeug, nur diese Uhr. Und zwei Meter vor ihm Frau Bernstein. Wenn Damian nicht gewusst hätte, wie lebendige Menschen aussahen, dann hätte er Frau Bernstein auch für ein Stück Inventar gehalten. Sie rührte sich nicht. Sie schaute ihn nur an, die Beine übereinandergeschlagen, ein DIN-A4-Block in der Hand. Das alles brachte ihn in Rage.

„Ich fühle mich wie ein Bündel von Symptomen und nicht wie ein Mensch", sagte Damian. Schon der zweite Satz, der seine Gefühle traf. Und das, obwohl er saß. Normalerweise musste er für solche Formulierungen drei Stunden wandern. Aber die Leute wollten ja immer sitzen. Also fummelte er mit den Händen in seinem Bart rum oder wippte mit den Beinen oder änderte alle drei Minuten die Sitzposition. Bei Frau Bernstein machte er immer alles gleichzeitig. Es war der Versuch, den Körper auf die gleiche Geschwindigkeit zu bringen wie die Gedanken, in der Hoffnung, sie genauer betrachten zu können und nicht nur wie Autos auf einer Autobahn vorbeiziehen zu sehen. Sein ganzes Leben lang hatte Damian versucht, langsamer zu werden, für all jene, die sich beim Sprechen nicht bewegten. Und jetzt gelangen ihm zwei wohlüberlegte Sätze in Folge.

„Sie sind mehr als eine ADHS-Diagnose", sagte Frau Bernstein und lächelte Damian an.

„Woher wissen Sie das? Woher weiß ich das? Alles, was mich ausmacht, hängt mit dieser Diagnose zusammen", sagte Damian. „Ich fühle mich wie eine Marionette, die von einem Aufseher gesteuert wird. Jemand, der sich alle Mühe gibt, mich so aussehen zu lassen, wie die anderen mich gerne hätten."

„Wie meinen Sie das?" Frau Bernstein nahm ihre kleine Brille mit den rechteckigen Gläsern von der Nase. Sie sah müde aus. Die Tränensäcke unter ihren Augen hatten in dieser Woche einen neuen Blauton erreicht. Sie schaute zur Uhr. Die Uhr tickte. Noch zwanzig Minuten.

Damian wollte erklären, dass er das Gefühl habe, immer eine Rolle zu spielen, immer eine Maske zu tragen. Er wollte erklären, dass er sich sein Leben lang anpassen musste, aus Angst, von den neurotypischen Menschen abgelehnt zu werden. Und wenn neurodiverse Menschen nur ein My an Ablehnung erfuhren, dann fühlten sie sich, als hätte sie ihre Familie verstoßen. Oder als wäre ihre Katze gestorben. Das wusste Frau Bernstein doch, oder?

Damian wollte erklären, dass er mit allen Menschen gut auskam, egal ob gebildet oder nicht, egal ob auf der gleichen politischen Linie oder nicht, egal ob aus Indien oder aus seiner Heimatstadt. Und dass er deshalb gar nicht mehr wusste, wann er noch er selbst war, weil er sich so meisterhaft anpassen konnte.

„Die Leute in Mexiko dachten, ich könnte Spanisch", sagte Damian. Scheiße. Was für eine blöde Erklärung. Er wippte mit dem rechten Fuß, als würde er einen Webstuhl im Zeitraffer bedienen. „Zumindest für die erste

Minute eines Gesprächs. Ich konnte vielleicht hundert Wörter, aber ich konnte sie zu so perfekten Sätzen formen, dass die Leute in San Cristóbal immer mit mir plauderten."

Damian sah Frau Bernstein an. Sie zog eine Augenbraue hoch und kritzelte etwas auf ihren Block. Tick, tick, tick, machte die Uhr

Wenn doch nur der Bürgermeister zur Tür hereingestürmt wäre – der Hugo-Boss-Anzug zerfetzt, sein sonst perfekt gegeltes Haar zerzaust – und geschrien hätte, dass alle Hunde der Stadt verrückt geworden seien. Damians dopaminarmes Gehirn wäre von den Botenstoffen überschwemmt worden, die ihm sonst immer fehlten. Er wäre ganz ruhig geworden. Er hätte zuerst die Stadt gerettet und dann Frau Bernstein erklärt, wie er sich wirklich fühlte.

„Wie wären Sie denn, wenn Sie keine Rücksicht mehr auf die Erwartungen anderer nehmen müssten?", fragte Frau Bernstein.

„Das frage ich mich eben", sagte Damian. Das wahre Selbst, was soll das sein? War Damian er selbst gewesen, als er sich in der ersten Klasse mit Kristian und Dimitri und Fabian geprügelt hatte, weil er sich noch nicht anpassen konnte? Oder kam der wahre Damian zum Vorschein, wenn er dreißig Milligramm Lisdexamfetamin schluckte und sich dann etwas besser auf die langweiligen Dinge des Lebens konzentrieren konnte?

„ADHS hat auch positive Seiten", sagte Frau Bernstein.

„Ich würde mich selbst betrügen, wenn ich nur die guten Seiten sehen würde. Als würde ich mir etwas vormachen. Als ob ich nicht authentisch wäre", sagte Damian.

„Man ist authentisch, wenn man sich so akzeptiert und wertschätzt, wie man ist", sagte Frau Bernstein.

Es klopfte an der Tür, sie ging einen Spalt weit auf. „Wir sind gerade fertig geworden, ich komme gleich", sagte Frau Bernstein.

„Alles klar", sagte der Bürgermeister und wischte sich etwas Blut vom Hemd.

Frederik Mittendorff:
Hauptgewinn

NOCH bevor die Sonne aufgeht, nimmt Jonah sein Handy. Hat jemand in der Nacht an ihn gedacht? Wie jeden Morgen ist der Lockscreen voller Mitteilungen. Jonah hat elf Morgennewsletter abonniert. Thema des Tages ist der eingestürzte Eiffelturm in Paris. Jonah wusste schon bei der ersten Eilmeldung nicht, wie er sich zu der Nachricht verhalten sollte. Wenn ihn jemand fragen würde, wo er war, als der Stahl kollabierte und Frankreich sein Wahrzeichen verlor, sähe er sich heute, zwei Tage nach dem Ereignis, außer Stande, die Frage zu beantworten. Weltweit herrscht Trauer. Jonah hat mal auf dem Eiffelturm gestanden.

Jonah macht sich einen Tee, mit dem er in sein kleines, aber renoviertes Badezimmer geht. Es ist das einzige Zimmer, in dem nur eine Glühbirne von der Decke hängt, weil er keine Lampe angebracht hat. Das Licht in diesem Zimmer ist das schönste der Wohnung, findet er. Es ist weich und klinisch, ganz so, als beleuchte es ein Behandlungszimmer, während man selbst auf Ecstasy ist. Vielleicht liegt es aber auch am Spiegel, dass Jonah das Licht so mag. Hier im gefliesten und leicht beheizbaren Bad blickt er sich oft ins Gesicht. Er findet sich dann häufig schön.

Er schaut in den Spiegel und zieht die Haut unter seinem Kinn zusammen. Die morgendliche Dicke im Gesicht löst sich, auch die blauen Ränder unter den Augen verschwinden. Das Wasser der Dusche ist warm.

Der Haltegriff ist feucht, als er seine Hand um ihn legt. Die nächsten vier Stationen steht er so, bis sich am Hauptbahnhof der Waggon wie an jedem Tag leert. Jonah setzt sich schräg gegenüber der Frau, die er attraktiv findet. Sie trägt einen Mantel, und ihre Schuhe sind die Art von Stiefeln, die sowohl Punkerinnen als auch Kunsthistorikerinnen tragen können. Vielleicht studiert sie Psychologie. Sie trägt ein Nasenpiercing. Jonah hat die Erfahrung gemacht, dass nasenpiercingtragende Menschen spießig sind. Ihn stört das nicht. Er schaut weiter die Frau an, die sich in der Scheibe links neben ihm spiegelt.

Auf seinen kabellosen Kopfhörern läuft das frisch releaste Album einer jungen, deutschen Rapcrew, die neuerdings traurig ist. Jonah hat sich antrainiert, oder es ist einfach so passiert, genau weiß er es nicht, seine Gemütslage fast ausschließlich durch äußere Reize, Musik oder YouTube-Videos – oder beides zusammen – zu beeinflussen. Wenn er Videos schaut, in denen Schauspieler mit leerem Blick in die Kamera schauen, dann fühlt er sich leer. Wenn er Musik hört, die einen motivieren soll, dann ist er motiviert. Wenn er Zusammenschnitte von rührenden Sportmomenten oder Wiedervereinigungen von Familien mit ihren Soldatenvätern schaut, dann ist er gerührt. Dann weint er sogar manchmal. Zum Beispiel, wenn der Gewichtheber Matthias Steiner in einem Videoclip von den Olympischen Spielen 2008 in Peking 258 Kilo hochstemmt und, angefeuert vom Kommentator („Heb es hoch, heb es hoch, heb es hoch!"), beim letzten Versuch die Goldmedaille gewinnt. Kurz vor dem Wettbewerb war die Frau des Gewichthebers gestorben. Der Gewichtheber und er, Jonah, das weiß er natürlich, haben absolut nichts miteinander gemein. Jonah und die Frau mit dem Nasenpiercing steigen an derselben Bahnstation aus. Sie wird das für einen Zufall halten.

Ihr Vater hatte immer gewollt, dass sie nicht *verrückt* wird. Also ist Nele nicht verrückt geworden. Nele studiert Psychologie und vermutet, dass sie Jugendpsychotherapeutin werden will. Sie hat sich nach reichlicher Überlegung vor drei Wochen ein Nasenpiercing stechen lassen und trägt eine unregelmäßig auftretende restriktive Essstörung mit sich herum, mit der sie sich auf eine angenehme Art diszipliniert fühlt. Manchmal, wenn sie betrunken ist, glaubt Nele aufrichtig, dass man alle Menschen mit einem Vermögen von über einer Million erschießen sollte. Ihre Freunde würden sie als einen guten Menschen bezeichnen und es auch so meinen.

Nele verlässt die Bahnstation und geht in ein Café. Sie hat dort eine Verabredung. Sie trinkt einen Kaffee und noch einen und dann noch einen, bis sie beschließt, dass sie keine Lust hat, sich heute zu verlieben. Als sie geht, betritt der Mann, dem sie in der Bahn gegenübersaß, das Café. Sie hält das für einen Zufall.

Jonah mag keinen Kaffee. Er bestellt eine Flasche Wasser, obwohl er weiß, dass man ein Psychopath sein muss, um Wasser zu bestellen, wenn man schon extra in ein Café gegangen ist, um etwas zu trinken. Jonah findet, dass das Wasser schmeckt.

In dem Café sind alle Tische belegt. Die Menschen arbeiten hinter ihren Laptops oder unterhalten sich so, dass Jonah nicht mitbekommen muss, was sie umtreibt. Er tippt eine Telefonnummer in sein Handy, und es piept dreimal, bis sich eine Frauenstimme meldet. Jonah sagt, dass er sich verwählt hat. Sie wird das für einen Zufall halten.

Nele hat eine Regel in ihrem Leben. Ist der Jahrmarkt in der Stadt, dann geht sie hin. Sie liebt die Schießbude. Einmal, als sie einen besonders verbogenen Gewehrlauf ausgehändigt bekam, schoss sie der Schaustellerin ins Gesicht. Da war sie neun Jahre alt. Alle dachten, es sei ein Versehen gewesen. Heute schießt Nele nur noch auf die Ziele. Mit neun war sie noch nicht strafmündig.

Sie betritt das Jahrmarktgelände und geht an den Ständen vorbei, die Zuckerwatte und saure Gurken verkaufen. Es ist später Vormittag, nicht einmal am Autoscooter lungern gewaltbereite Jugendliche herum.

An der Schießbude ist Nele allein. Das gefällt ihr. Beim Schießen will sie ihre Ruhe haben. Das Gewehr hat einen geraden Lauf. Sie trifft mit jedem Schuss. Der Hauptgewinn ist heute leider schon geschossen worden, sagt der Schausteller. Sie hält das für einen Zufall.

Jonah hat einige Zeit darauf verwenden müssen, einen Mülleimer zu finden, der Platz für einen XXL-Teddybären hat. Ihm ist bewusst, dass es unmöglich ist, ein Stofftier in den Müll zu schmeißen, ohne dabei traurig auszusehen. Jonah weiß nicht, was aus den Kuscheltieren seiner Kindheit geworden ist.

Er kauft sich Zuckerwatte. Jonah mag es, wenn er die Watte mit den Fingern abzieht. Er macht das immer so langsam wie möglich, als würde er ein Pflaster ablösen. Jonah hat nicht nur den XXL-Teddybären weggeschmissen, sondern auch sein Handy. Aus den Boxen eines Fahrgeschäfts dröhnt der traurige Song eines toten Rappers.

Jonah stellt sich in die Schlange vor dem Riesenrad. Vor ihm steht die Frau aus der Bahn. Sie wird es für einen Zufall halten.

Nele fragt sich, ob sie nicht lieber zur Achterbahn mit den Loopings gehen sollte. Dort müsste sie sich nicht anstellen und warten. Sie hat die Stadt aber noch nie von oben gesehen und findet es ein wenig peinlich, wenn ihr fremde Menschen ansehen können, dass sie sich in einer Sache umentschieden hat. Also bleibt sie lieber stehen.

Sie hört, wie ein Kind zu seiner Mutter sagt, dass es Angst vor der Fahrt hat. Nele hatte noch nie Angst vor einem Riesenrad. Auch nicht, als sie noch Kind war. Nele findet, dass ihr Leben bislang kurz, aber befriedigend war. Der Einweiser steckt sie und den Mann, der in der Schlange hinter ihr steht, in einen Waggon des Riesenrads.

Nele hält das für einen Zufall. Jonah weiß, wie es weitergeht. In Paris fallen Bomben.

Janina Bauer:
Allein, allein

Jones

„DARF ich mich zu Ihnen setzen?", fragt die Zielperson.

„Sie dürfen", sagt Richard Jones. Endlich. Den ganzen Abend hat er auf diesen Moment gewartet, ach was, er wartet seit Monaten darauf. Jones sitzt an seinem Stammtisch, rechts vor dem Eingang des *La Stanza*. Die Zielperson nimmt Platz, es ist der letzte freie Sitz im Lokal. Wie jeden Donnerstag strömen reihenweise Männer mit zu viel Gel in den Haaren vom Paradeplatz in die Espressobar. Wie jeden Donnerstag kippen sie literweise Negroni in sich hinein, lassen die geschmacklos-teuren Uhren an ihren Handgelenken klimpern und streiten sich darum, wer die nächste Runde Champagner schmeißt, sei es, um einen Stich bei einer der aufgehübschten Blondinen in High Heels und zu kurzem Kleid zu landen, oder um darüber hinwegzutäuschen, dass sie die 20.000 Franken Gehalt in der Mitte des Monats schon verballert haben.

„Mit wem habe ich denn das Vergnügen?", fragt ihn die Zielperson.

„Richard. Richard Jones", sagt Jones. Die Zielperson ist nicht wie die anderen hier, die denken, sie wären es, nein, er ist es wirklich. Das Geld, das die Investment-Affen verwalten, das sie verzocken, das sie nutzen, um Märkte zu manipulieren, um Regierungen zu erpressen, um Profit, Profit, Profit zu machen – dieses Geld ist seins. Früher war Jones mal einer von ihnen. Ehe er begriff, was wirklich abgeht.

„Freut mich, Mr. Jones", sagt die Zielperson und streckt ihm die Hand hin. „Ich bin Edward."

Jones' Hände sind feucht. Reiß dich zusammen, Jones! Er wischt die rechte Hand an der Hose ab und erwidert die Begrüßung mit festem Druck. „Und weiter?", fragt er.

„Ist das denn wichtig?", fragt die Zielperson und zwinkert ihm zu. Verdammt. Der spielt gut. Jones weiß, dass die Zielperson weiß, wer Jones ist. Und dass die Zielperson ihn, Jones, seit Monaten beobachtet oder beobachten lässt. Dass die Zielperson ihn, wenn Jones nicht aufpasste, vernichten würde. Was die Zielperson nicht weiß, ist, dass Jones weiß, wer sie ist.

Acht Monate, zwei Wochen und drei Tage ist es her, dass Jones zum ersten Mal einen Verfolger bemerkte. Es war ein stressiger Morgen, an dem er aus dem Schlaf gerissen wurde, weil ihm Julienne ein Glas kaltes Wasser ins Gesicht kippte. „Reiß dich endlich zusammen oder ich schwör, ich verlass dich", schrie sie. Jones blinzelte und versuchte, sich zu orientieren. Es fiel ihm schwer, er sah nur verschwommen, jedes Mal, wenn er die Augen öffnete, wurde ihm schwindelig. Hinter den Schläfen pochte es. Er lag flach auf dem Rücken, der Stoff unter dem nackten Rücken kratzte. Jones befand sich nicht in seinem Bett. Er setzte sich auf, schlug mit dem Kopf an einen Tisch.

„Was zur Hölle?" Er fasste sich an die Stirn. Jetzt war er wach. Er war nackt. Er hockte im Wohnzimmer neben dem Couchtisch, auf dem eine Flasche Wodka lag, deren Inhalt sich über die Platte ergossen hatte. In der Wodkapfütze badeten mehrere Geldkarten und Scheine, ein Röhrchen, ein Plastiksäckchen und kleine, weiße Klumpen. An Juliennes Bein klammerte sich sein Sohn, Martin.

Martin schluchzte.

„Scheiße", sagte Jones.

„Du bist scheiße", sagte Julienne. „Reiß dich zusammen und bring deinen Sohn zur Schule."

Immer noch verballert, verließ Jones wenige Minuten später mit Martin an der Hand das Haus. Martin schluchzte noch immer.

„Jetzt beruhige dich, es ist alles in Ordnung. Papa hat nur Stress auf Arbeit", sagte er. Sie gingen zu seinem roten Cayenne, der aus irgendeinem Grund am Ende der Straße parkte. Vermutlich hatte er in seinem nächtlichen Rausch die Häuser verwechselt. Erinnern konnte er sich nicht. Jones hob den Jungen hoch. „Komm, Martin, wir sind spät dran."

Da bemerkte er die schwarze Limousine auf der anderen Straßenseite. Die hatte er hier noch nie gesehen, ebenso wenig wie den Mann hinterm Steuer, der aus dem geöffneten Fenster rauchte. Auf Jones' Arm quengelte Martin weiter vor sich hin.

„Du darfst heute vorne sitzen, ausnahmsweise", sagte Jones. „Aber nicht der Mama sagen, okay?" Und siehe da, der Junge beruhigte sich, als er ihn auf den Vordersitz des Cayenne bugsierte. Er quälte sich durch den Zürcher Stadtverkehr, setzte Martin eilig bei der Kita der Internationalen Schule im Kreis 1 ab, um dann Richtung Paradeplatz ins Büro zu fahren. Als er in die Talgartenstrasse abbog, sah er sie wieder, die Limousine, und den Mann, der schon vor seinem Haus hinterm Steuer gesessen hatte. Die Limousine hielt am Straßenrand, als Jones ins UBS-Parkhaus einbog. Seit diesem Tag folgten ihm die schwarze Limousine und der Mann darin.

Heute ist sich Jones sicher: Es war derselbe Mann, der ihn auch mit dem Koks im Wohnzimmer platzierte. Derselbe Mann, der für all den anderen Mist der letzten Monate verantwortlich ist. Er ist schuld daran, dass Julienne und Martin weg sind, dass er niemandem mehr vertraut, dass er weder Schlaf noch Ruhe findet. Doch bald würde alles vorbei sein. Denn Jones war schlauer, als sie alle dachten, und wusste mehr, als sie ahnten. Nur wenige Wochen hatte er gebraucht, um das ganze Spiel aufzudecken. Um herauszufinden, dass die Zielperson dahintersteckte.

„Möchten Sie auch noch etwas trinken, Edward?", fragt Jones.

„Bin versorgt", erwidert die Zielperson und hebt ihr Glas. Old Fashioned, wie immer.

„Und ich gleich wieder da", sagt Jones und erhebt sich. Seine Beine sind zittrig, zum Glück sind es von seinem Stammtisch draußen nur wenige Schritte bis zur Bar des Lokals. Dort angekommen, hält er sich an dem dunklen, glatten Holz der Theke fest, die sich über die gesamte Raumlänge erstreckt. Gleich am Anfang, gegenüber der Kaffeemaschine mit den vier Kolben, bleibt er stehen. Sein Gesicht spiegelt sich in der metallenen Oberfläche des Siebträgers. Jones erkennt sich kaum wieder. Tief durchatmen. Bisher läuft alles nach Plan. Bald würde er Kommissar Frey anrufen, so wie sie es abgemacht hatten. Jones zuckt zusammen, als plötzlich der Kellner vor ihm steht. Es ist der hochgewachsene Blonde, wie jeden Donnerstag.

„Hi, was darf's sein?"

„Espresso, bitte."

„Kommt sofort", sagt der Blonde und nimmt ein paar leere Gläser vom Tresen. Da entdeckt Jones den Siegelring am kleinen Finger des Mannes. Für einen Moment ist Jones wie erstarrt. Die Gravur hat er schon einmal gesehen. Ein Dreieck unter zwei sich kreuzenden Federn.

„Stopp", sagt Jones. Der Kellner, der gerade den Kolben unter der Kaffeemühle platziert hat, dreht sich um. „Ich nehme einen Chinotto. Kein Glas. Die Flasche mach ich selbst auf."

Luki

Irritiert schaut Luki dem Mann hinterher, der ihm eben die Flasche Bitter-orangen-Limo aus der Hand gerissen und sich umgedreht hat und ohne ein weiteres Wort nach draußen gegangen ist. Der Typ ist Stammgast im *La Stanza*. Er kommt fast jeden Tag, immer nach 21 Uhr. Er ist immer allein. Das Team nennt ihn den Schizo. Der Schizo öffnet die Flasche mit einem Feuerzeug und cheert dem Mann zu, der mit ihm am Tisch sitzt. Der Mann ist ebenfalls Stammgast im *La Stanza*. Luki mag ihn, vor allem, weil er jedes Mal großzügig Trinkgeld gibt und Lukis Old Fashioned komplimentiert. Sei-nen Namen kennt Luki nicht, was er macht, weiß er auch nicht, aber er ist sicher, dass er ein hohes Tier ist. Luki sieht die beiden zum ersten Mal zu-sammen. Hoffentlich geht der Schizo dem hohen Tier nicht auf den Sack.

„Luki, zwei French 75", ruft ihm Nina, seine Barkollegin, zu.

„Aye", sagt Luki. Nice. Nicht, dass er je selbst einen trinken würde, aber *sie*, diese eine Frau, sein favorite Bargast, trinkt ihn am liebsten, und deswe-gen liebt er die Zubereitung. Und die ist gerade da, sitzt mit einer Freundin an einem Tisch in der Mitte. Luki füllt den Shaker mit Eiswürfeln, 8 cl Lon-don Dry Gin, 4 cl Zitronensaft und 3 cl Grenadine. Während er den Shaker kräftig schüttelt, fällt sein Blick auf den leeren Platz des Schizos. Luki schaut sich um. Er entdeckt den Schizo in der hinteren Ecke des Lokals. Hinter vor-gehaltener Hand flüstert er ins Telefon, legt nach wenigen Sekunden abrupt auf, eilt hinaus und rennt dabei fast Nina mit einem vollen Tablett leerer Glä-ser um. Fucking Weirdo. Luki stellt den Shaker auf der Bar ab und zieht zwei Coupetten aus dem Gefrierschrank. Mit dem Double Strainer siebt er die Flüssigkeit aus dem Shaker in die beiden Gläser, füllt sie bis zum Rand mit Champagner auf und garniert sie mit frischer Limettenzeste. Er wünscht sich, dass *sie* den French 75 bestellt hat. Dann könnte er jetzt persönlich an ihren Tisch gehen, den Drink servieren und sie endlich fragen.

„Luki!", reißt ihn Nina aus seinen Gedanken. „Bullen sind da."

„What?"

Vor dem Eingang hat sich eine Traube Menschen gebildet. Vier Polizis-ten stehen um den Tisch, an dem der Schizo und das hohe Tier sitzen. Nein, saßen, denn zumindest der Schizo steht jetzt vor einem der Polizisten und redet auf ihn ein, fuchtelt mit den Armen und zeigt immer wieder auf das hohe Tier. Das sitzt ruhig da und sagt nichts. Während zwei der Beamten versuchen, den Schizo zu beruhigen, und der dritte die restlichen, geiernden Gäste verscheucht, betritt der vierte den Laden und steuert direkt auf Nina und Luki zu.

„Guten Abend. Frey mein Name, Hauptmann von der Stadtpolizei Zürich. Dieser Mann da draußen", er dreht sich um und zeigt auf den Schizo, „hat uns angerufen, um seinen Tischnachbarn anzuzeigen. Das ist nicht das erste Mal. Haben Sie was mitbekommen?"

Nina schüttelt den Kopf.

„Wenn jemand andere Gäste nervt, dann ist er das", antwortet Luki. „Manchmal zeigt er anderen Gästen Videos auf seinem Handy. Neue Weltordnung, Freimaurer-Theorien, solche Scheiße."

„Das habe ich mir gedacht. Wir nehmen ihn jetzt mit. An Ihrer Stelle würde ich dem Typen Hausverbot erteilen", sagt der Kommissar. „Schönen Abend."

„Danke Ihnen", sagt Luki zum Kommissar, und zu Nina: „Fucking Weirdo."

Der Kommissar verlässt das *La Stanza*, steuert auf den Schizo zu und nimmt seinen Arm.

Jones

Jones schwitzt. So war das nicht geplant. „Was soll die Scheiße?", schreit er.

„Beruhigen Sie sich", sagt Kommissar Frey und öffnet die Tür des Einsatzwagens. „Es gab eine Planänderung."

„Sie sollten doch ihn festnehmen, nicht mich!"

Der Kommissar drängt Jones auf die Rückbank. Mit gesenkter Stimme sagt er: „Wir müssen die Füße still halten. Das kam von ganz oben. Aber wenigstens können wir Sie in Sicherheit bringen." Jones hält inne, er wird ganz ruhig. Er hat es gewusst. Er hat es verdammt noch mal gewusst.

Luki

Mit verschränkten Armen steht Luki hinter der Bar und beobachtet, wie Kommissar Frey den Schizo in den Einsatzwagen bugsiert und die Tür hinter ihm zuschlägt. Die Bullen steigen ebenfalls ein. Luki schüttelt den Kopf und wendet sich ab. Hoffentlich weisen sie den Schizo ein. Er zapft zwei Bier für einen ungeduldigen Gast. Vielleicht sollte er dem hohen Tier einen ausgeben. Luki schaut hinaus. Dort steht wieder Kommissar Frey. Er greift nach einer kleinen, weißen Karte, die ihm das hohe Tier über den Tisch zuschiebt. Der Kommissar steckt das Papier in die Innentasche seiner Jacke, reicht dem hohen Tier die Hand und schüttelt sie kräftig. Weird. Alles fucking weird heute.

 FÜR IMMER MASKENBALL

Teil 2 –
Dosensekt von Aldi

Anna Dotti:
Wie viele Fragen?

10 Uhr. Die Sonnenstrahlen fallen durch das Küchenfenster auf den Tisch. Eine Tasse Cappuccino steht darauf. Von der Straße dringt das Motorengeräusch der Autos herüber und mischt sich mit dem Zwitschern der Vögel. Aber in dem Raum ist es still, sie genießt es.

„Möchtest du Salami mitnehmen?"

Stille vorbei.

„Nein."

Diese Obsession, durch den Fleischwolf gedrehte Schweine mitzugeben.

„Ich mache dir ein Brötchen."

„Okay, danke."

Eine Woche lang bei den Eltern – das ist zu viel. Jahrelange Erfahrung und einige Therapiesitzungen haben gezeigt: Bei drei Nächten liegt die Grenze.

10:20 Uhr. „Reicht das?" Der Vater zeigt auf den Küchentisch. Darauf: ein Apfel, eine Banane, eine Orange, zwei belegte Brötchen. Salami, Käse, Blattsalat, Senf und Prosciutto, Rucola, Frischkäse.

„Ja, Papa. Ich gehe nach Hause, nicht in den Krieg."

Papa wickelt alles einzeln in Klarsichtfolie und steckt es zusammen mit dem Obst in eine Papiertüte. Zwei Stücke Küchenpapier obendrauf. Ein Gummiband als Verschluss.

Es ist der Morgen des vierten Tages. Die drei Nächte sind vorbei.

„Wir fahren dich zum Flughafen", sagt die Mutter, ihr Kopf schaut aus der Küchentür. „Wann geht der Flug?"

„Der Flug geht um 17:30 Uhr", sagt sie. Sie sagt es heute zum ersten, aber wahrscheinlich nicht zum letzten Mal – siehe Tag eins, zwei und drei.

„Aber ich möchte nicht zum Flughafen gefahren werden. Mit dem Auto dauert es länger als mit dem Zug." Sie fügt hinzu: „Wegen Stau und so, weißt du noch, einmal hätte ich fast meinen Flug verpasst."

„Dann bringen wir dich halt zum Bahnhof."

„Aber das braucht ihr doch nicht ..."

„Aber wir machen das gerne!"

Was ist das Gegenargument zu „Wir verbringen gerne Zeit mit dir im Auto"? Also eins, das gesellschaftlich akzeptiert ist?

„Okay", sagt sie.

„Wann geht der Flug?", sagt der Vater.

„Immer um 17:30 Uhr!" Dann fügt sie schnell und trocken hinzu: „Ich nehme den Zug kurz nach drei, also fahren wir um halb drei."

„20 nach", sagt der Vater. „Man weiß nie, was auf der Straße passiert."

Aus der Reihe: Wahrheiten aus der Zeit vor Google Maps.

„Okay."

Keine Lust, zehn Minuten über zehn Minuten zu diskutieren.

14:10 Uhr. „Ich hole das Auto", sagt Vater. „Kommt schnell runter, ihr beiden! Sonst wird es noch spät!"

Sie wollte mit der U-Bahn fahren.

14:20 Uhr. Der Vater sitzt am Steuer, die Mutter daneben, sie hinten. Der Verkehr fließt. Kein Unfall, keine Straßensperrung. Bis zum Bahnhof sind es 6,4 Kilometer. In 17 Minuten ist es geschafft, sagt Google.

„Wann kommst du an?", fragt die Mutter.

„Um viertel vor acht", sagt sie. „Der Flug dauert ja zwei Stunden und 15 Minuten."

„So lange?", sagt der Vater.

„Ja, das hat sich in all den Jahren nicht geändert."

Wie viele Fragen passen in 17 Minuten?

„Und wie kommst du so spät noch nach Hause?", wendet sich die Mutter der nächsten möglichen Sorge zu.

„Wieso spät? Mit der U-Bahn."

Der Traum von einem Waggon voll fremder Menschen, die sich nicht für einen interessieren. Ah, die U-Bahn!

„Wer weiß, welches Wetter du dort vorfindest", sagt der Vater.

„Normal. Ein bisschen grau, ein bisschen Regen, ein bisschen kühler als hier", sagt sie.

„Hast du eine Jacke dabei?", fragt die Mutter.

„Dieselbe, mit der ich hergekommen bin, Mama."

„Und einen Pullover für den Flug?"

Eins, zwei, drei ... atmen, ruhig, tief!

„Die haben immer diese fiese Klimaanlage im Flugzeug ...“

Statt den Mund zu öffnen, presst sie die Zähne zusammen.

Wie lange dauern 17 Minuten?

Der Vater stellt den Motor ab. „Wir sind da“, sagt er. „Es ist noch ein bisschen früh. Trinken wir noch einen Kaffee?“

Celine Schäfer:
Leere Tage

DER Fernseher an der Wand ist so klein, dass ich die Augen zusammenkneifen muss, um den Spielstand zu erkennen. Vor mir steht ein halb volles Altbier, es schmeckt abgestanden. Ich ziehe den Ring vom Mittelfinger, den mit den drei kleinen, glitzernden Steinen, und lege ihn neben das Bier. Alex starrt auf den Fernseher, den Mund leicht offen.

„JAAAAAAAAA", ruft er, springt auf, fällt seinem Sitznachbarn in den Arm. Sie kennen sich seit einer Viertelstunde. 1:0 für Bayern, gegen Barcelona, vierte Spielminute, Viertelfinale der Champions League. Alex ist eigentlich Hertha-Fan, er lebt in Berlin. Aber er ist auch leicht zu begeistern, das habe ich schon bei unserem ersten Treffen bemerkt. Ich stecke mir meinen Ring wieder an, nippe am Bier, es schmeckt wirklich scheiße.

Ich liebe Fußballgucken, aber ich hasse es, dass meistens so wenig Tore fallen. Heute so:

Minute 7: 1:1, Ausgleich durch Eigentor.

Minute 21: 2:1.

Minute 27: 3:1.

Minute 31: 4:1.

Halbzeit.

„Gehen wir eine rauchen?", frage ich Alex.

„Klar", sagt er. Er raucht eigentlich gar nicht. Ich hänge mir meine Tasche über die Schulter, da fragt Alex seinen Sitznachbarn: „Kannste mal auf unser Zeug aufpassen?"

Der Mann, vielleicht 50, pinkfarbenes Camp-David-Shirt, strahlt ihn an, seinen neuen Kumpel, sagt: „Klar, Alex!", und streckt mir seine blassen Arme entgegen. Ich zögere kurz, nehme dann aber doch mein Feuerzeug und eine Schachtel Marlboro Gold heraus und gebe die Handtasche dem Typen.

Wir gehen aus der Kneipe raus, zu zweit. Autos rauschen über die zweispurige Straße. Eine pinkfarbene Limousine fährt viel zu schnell an uns vorbei in Richtung Düsseldorfer Hauptbahnhof, *Tamam Tamam* von Summer Cem schallt aus dem Fenster in die warme, stickige Augustluft.

„Schon komisch", sagt Alex und steckt sich eine Zigarette an. „Dass wir uns gerade hier wiedersehen, nach einem Jahr."

Ja, denke ich, weil du unbedingt Fußball schauen willst, und sage: „Ja, ist schon auch ein bisschen lustig." Meine Zigarette brennt so komisch seitlich ab, ich hasse das.

„In Italien hast du noch nicht geraucht", sagt Alex.

„Frag dich mal, wann ich angefangen habe", sage ich. Alex reißt die Augen auf. „Scherz", sage ich, dabei war es gar kein Scherz.

Kennengelernt haben Alex und ich uns in Certaldo, eine kleine Gemeinde, eine Zugstunde von Florenz entfernt. Als ich meiner besten Freundin von unserer gemeinsamen Zeit in Italien erzählte, sagte sie: „Celine, das hast du doch aus einem Rosamunde-Pilcher-Film." Denn unsere Geschichte geht so: Zum ersten Mal getroffen haben wir uns in einem riesigen, alten Bauernhaus, um uns herum nur Weinberge, die Sonne hat nur so vom Himmel geknallt, und nachts konnte man die Milchstraße sehen. Wir sind zweimal am Tag Kaffee trinken gegangen, haben zusammen gelesen, Joints geraucht und Nudeln gegessen. Nach anderthalb Wochen *Eat Pray Love*-Experience – nur noch ohne Love – sind wir dann weiter nach Florenz, in das einzige bezahlbare Hostel in dieser sinnlos teuren Stadt. Als wir dort ankamen, sagte uns die Besitzerin, dass der Schlafsaal überbucht sei. Als sie Alex das auf Italienisch erzählte, runzelte er abwechselnd die Stirn und grinste. Nach einem etwa zehnminütigen Redeschwall drehte sich Alex zu mir um, übersetzte und sagte dann: „Wir können ein Doppelzimmer nehmen, zum selben Preis." Haben wir gemacht. Das Zimmer war aus irgendeinem Grund komplett lila, lila Wände, lila Bettwäsche, lila Vorhänge. Doppelbett. Den ersten Abend verbrachten wir in der einzigen Kneipe in Florenz, die deutschen Fußball zeigte. Als wir abends bierselig in unsere Lila-Hölle einfielen, rutschte Alex nach wenigen Minuten des Daliegens auf meine Betthälfte rüber und sagte: „Du hast wirklich sehr blaue Augen."

Der Aschenbecher, in dem wir unsere Zigaretten ausdrücken, hat die Form eines Bootes, an der Außenseite steht „MS Düsseldorf". Die zweite Halbzeit hat noch nicht angefangen. Wir stehen unbeholfen voreinander, ich und der Typ aus meinem persönlichen Rosamunde-Pilcher-Film, ein halber Meter zwischen uns. Er tritt mit seinem rechten auf meinen linken Fuß.

„Ey", sage ich.

„Ey", sagt er. Ein Typ mit Bayern-Trikot drückt sich an mir vorbei in die Kneipe. Alex guckt ihn kurz an, dann mich. Er macht einen Schritt auf mich zu und streicht mir die Haare hinter die Ohren. Toll, jetzt sieht man mein Segelohr. Wir küssen uns, zum ersten Mal seit einem Jahr. Fußball geht weiter.

Minute 57: 4:2

Minute 63: 5:2

Minute 82: 6:2

Minute 85: 7:2

Minute 89: 8:2

Abpfiff.

„Hast du das schon mal gesehen?", frage ich und deute mit dem Kopf aus dem Zugfenster. Wir fahren am Düsseldorfer Bordell vorbei. Die Fenster sind nummeriert, aus der Nummer 14 schaut eine Frau mit toupierten schwarzen Haaren und einer schwarzen Corsage heraus.

„Nein, noch nie", sagt Alex. „Schon ein bisschen zynisch, dass man die da so anglotzen kann, während man im Zug sitzt."

„Ja, aber wahrscheinlich auch gute Werbung", sage ich.

„Hast du noch Hunger?", fragt er.

„Nein, du?", sage ich.

„Nein."

Meine Mama sagt: Man darf sich als Frau niemals abhängig machen und in der Liebe wirklich auf gar keinen Fall. Meine beste Freundin sagt: Wer lieben und geliebt werden möchte, muss weich bleiben. Taylor Swift sagt: „Puttin' someone first only works when you're in their top five." Und meine Therapeutin sagt: „Frau Schäfer, denken Sie doch mal ein paar Minuten länger drüber nach, wem Sie wie viel von sich geben."

Als ich Alex in Italien kennenlernte, hatte er keine Freundin, nur eine Ex-Freundin, von der er sich ein paar Monate vorher getrennt hatte. In unserem spontanen Kein-Pärchen-Urlaub in Florenz spielte sie keine allzu große Rolle. Ich weiß, dass sie gern einen Hund haben wollte, aber Alex hatte Angst vor Hunden. Das erzählte er mir, als wir in der glühenden Mittagshitze auf den Piazzale Michelangelo stapften, den Aussichtspunkt, von dem man auf die ganze Stadt schauen kann. „Wollen wir wieder runter und ein Eis kaufen?", fragte Alex. Wir stiegen den Hügel runter und kauften zwei Kugeln – für zehn Euro.

„Irgendwie hasse ich diese Stadt", sagte Alex und schlang sein Eis runter, das trotzdem auf den Boden tropfte. Zwei Tage später reisten wir beide ab, ich nach Mailand, er nach Frankreich.

„Wir sehen uns im September in Köln", sagte er am Busbahnhof von

Florenz und legte die Arme um mich. Wir hielten uns, und dann stieg ich in den Bus. Drei Wochen später rief er mich an und erzählte mir, dass er wieder mit der Frau zusammen war, die Hunde mochte.

„Okay", sagte ich, und dann lange gar nichts. „Dann ... tschüss?"

„Tut mir leid, Celine. Dass ich nicht ehrlich war."

Mama, Taylor und meine Therapeutin sind meiner besten Freundin gegenüber klar in der Mehrheit. Deshalb bin ich nicht ans Telefon gegangen, wenn Alex in dem halben Jahr nach unserem Kennenlernen anrief. Fünfmal. Irgendwann im Frühjahr leuchtete eine französische Nummer auf dem Display auf.

„Hallo?", sagte ich und ging ans Fenster. Der Empfang in meiner Wohnung war schlecht, Erdgeschoss im Altbau.

„Hey, ich bin's", sagte Alex. „Ich ruf mit dem Handy meiner Mitbewohnerin an, bei mir gehst du ja nicht mehr ran."

„Ja, sorry, ist nicht böse gemeint, aber ..."

„Ich habe mich von Nastassja getrennt."

„Oh, okay." Schweigen. „Willst du noch irgendwas dazu sagen?", fragte ich.

„Nein, aber du vielleicht?", fragte er.

„Ich muss das mal kurz sacken lassen. Ich rufe dich heute Abend an." Ich rief ihn an, und vier Wochen später trafen wir uns am Düsseldorfer Hauptbahnhof.

„Hast du eigentlich Angst, dass das plötzlich gar nicht klappt zwischen uns?", fragt er am Morgen nach dem Fußballspiel. Er sitzt an meinem Esstisch, ich stehe in der Küche und häufe Kaffee in eine French Press.

„Da mache ich mir doch jetzt noch keine Gedanken drüber", sage ich. Ich gieße das dampfende Wasser in den Glasbehälter, stecke den Deckel drauf und drücke das Sieb hinunter. „Und du?" Ich gehe mit dem Kaffee rüber zum Tisch.

Alex liest Transfermarkt-News auf dem Handy. „Doch, schon", sagt er und blickt auf. „Besonders, als ich mich getrennt habe." Oh, denke ich.

Können Momente platzen, weil sie so aufgeladen sind mit Erwartungen?

Jetzt gerade fühlen sich die zwei Tage Wochenende wie fünf an. Später werden sie mir wie einer vorkommen. Unsere Körper sind sich nah, wir schlafen eng umschlungen ein, während der Fahrt mit der Straßenbahn liegt meine Hand in seiner. Aber wenn wir sprechen, ist es, als wäre eine gläserne Wand zwischen uns. Wir sehen uns, aber verstehen uns nicht. Einmal entdeckt Alex meine Sammlung von Gedichtbänden, schlägt ein paar der

Bücher auf und liest darin.

„Woher hast du die?", fragt er.

„Gekauft?", frage ich zurück und lache ihn an.

„Ich vergesse manchmal, dass wir uns eigentlich gar nicht kennen", sagt er.

Ich bringe Alex zum Bahnhof, wir sind zu früh dran. Es ist heiß im Auto. Sollte ich jetzt aussteigen und ihn zum Gleis bringen? Ich entscheide mich dagegen. „Halteverbot", sage ich und deute auf das Schild.

„Ciao, Celine", sagt Alex. Wir nehmen uns umständlich in den Arm, unsere Oberkörper über der Handbremse. Er öffnet die Autotür, steigt aus und schultert seinen großen Rucksack. Kurz dreht er sich um, winkt, ohne zu lächeln. Ich warte, bis er durch die Bahnhofstür verschwunden ist. Dann steige ich aus dem Auto aus und zünde mir eine Zigarette an.

Hannah Mara Schmitt:
Candlelight-Dinner

ICH erinnere mich noch an das Gespräch mit meiner Mutter am Morgen. Das Telefonat war frustrierend. Es war immer dieselbe Leier. Meine Mutter hatte es nie aus dem Graben geschafft, in dem mein Vater sie hinterlassen hatte, als er gegangen war. An diesem Tag, bei diesem Telefonat, beschloss ich endgültig, die Dinge selbst in die Hand zu nehmen. Von niemandem abhängig zu sein. Am anderen Ende der Welt zu bleiben und nicht mehr zurückzukommen.

Ich erinnere mich noch, dass ich die Treppe hinunter in die Küche rannte und fast gestürzt wäre, weil ich über eins von Chelseas zerkauten Spielzeugen stolperte, die überall im Haus herumlagen. Ich griff nach dem Schlüsselbund auf der Ablage neben dem Kühlschrank und ging durch den Hinterausgang in den Garten. Der New Yorker Dezemberwind schlug mir ins Gesicht. Mein Mantel war viel zu groß, ich zog ihn enger. Meine Haare blieben am Lipgloss kleben, die Spitzen färbten sich rot.

Am leuchtenden M der Station Park Slope 4th Ave ging ich die Treppen hoch und nahm den G Train in Richtung Prospect Park. An der Metropolitan Avenue stieg ich wieder aus und ging weiter in Richtung Wythe Avenue. Dort sah ich ihn schon von Weitem vor dem Eingang der Bar auf mich warten. Er war kleiner als ich, ganz in Schwarz gekleidet, mit Anzug und Krawatte. Ich trug Sneakers.

Ich erinnere mich, dass ich ihm zur Begrüßung die Hand entgegenstreckte und lächelte. Er griff nach meiner Taille und küsste mich auf die Wange.

Wir gingen in die Bar auf dem Dach des Whyte Hotel und blickten durch die Scheiben auf die Skyline. In den Fenstern und am Tresen ein Set-up aus Kerzen in alten Ginflaschen. Auf dem Tisch ein Teelicht im Einweckglas, die Flamme tanzte im Dämmerlicht.

Er redete über seine Karriere als Harvard-Professor, seine bahnbrechende neurowissenschaftliche Forschung und seine geplante Autobiografie. Ich starrte auf die Skyline. Subtil natürlich. War ich subtil? Oh mein Gott, hatte er bemerkt, wie gelangweilt ich war? Ich brauchte dringend diesen Job! Erst letzte Woche war die Waschmaschine kaputtgegangen und Chelsea musste dringend zum Tierarzt.

Als er klein war, lebte seine Familie nur vom Gehalt seines Vaters. Der arbeitete auf dem Bau. Und sein Sohn hatte es nach Harvard geschafft. Alles klar, verstanden. Er war wichtig. Sehr wichtig! Ich dachte an meinen Flug nach Omaha zu Tante Rachel und Onkel Toni. Wenn der Typ hier nicht bald mal zum Ende kam, würde ich es nicht rechtzeitig zum Flughafen schaffen. Aber ich brauchte diesen Job.

„Weißt du, was für eine faszinierende Frau du bist?", sagte er.

Das war die allererste Frage, die er mir stellte. Sein Blick wanderte von meinem Haaransatz abwärts, ruhte kurz auf meinem Schlüsselbein und begann langsam, sich weiter nach unten zu bewegen. Meine Hände zitterten. Ich schaute erst auf die Kerze auf dem Tisch vor mir, dann auf die Kerze auf dem Nachbartisch. Meine Hände rückten näher an die Kerzenflamme.

„Wann schickst du mir den Entwurf fürs erste Kapitel? Wir müssen bald damit anfangen, um die Deadline zu schaffen", sagte ich.

„Du bist wunderschön, Clara." Er berührte meine Fingerspitzen. Kurz. Dann zog er seine Hände wieder zurück. Auch ich zog meine zurück. Erst jetzt merkte ich, dass sie zu nah an der Flamme gewesen waren.

Er griff nach meiner Hand. Ich zog sie vorsichtig weg, kramte nach meinem Handy, checkte die Uhrzeit.

„Ich bin spät dran für meinen Flug nach Omaha", sagte ich. „Ich sollte los. Ich muss noch meine Sachen zu Hause holen, bevor ich zum Flughafen fahre. Wie wär's, wenn du mir bis Ende der Woche das erste Kapitel schickst und wir sprechen einfach per E-Mail über den Rest?" Ich versuchte zu lächeln.

„Komm schon, Clara. Noch einen Drink. Ich bestell dir ein Uber zum Flughafen. Mach dir keine Sorgen, du schaffst es schon rechtzeitig. Amüsier dich einfach heute Abend."

„Ich fliege von Newark."

„Komm schon, so weit ist das nicht."

„Doch, ist es!"

Ich schaute an mir herunter. Beige Hosen, gerade geschnitten, weite Bluse, olivgrün. Und die alten Sneakers. Die Haare hatte ich zurückgesteckt. Kein Schmuck, kein Make-up, nur Lipgloss und ein wenig Mascara.

„Noch einen Drink?“

„Nein, wirklich, ich muss meinen Flug erwischen. Es war nett, dich persönlich kennenzulernen, alles Weitere können wir dann ja per E-Mail klären.“ Ich steckte das Handy zurück in die Handtasche und legte die Hände wieder neben die Kerze. Sein Zeigefinger berührte mein Handgelenk. Ich zuckte. Dann hielt ich beide Handflächen an die Kerzenflamme. Näher und näher. „Mir ist das unangenehm, wenn du einfach meine Hand berührst“, sagte ich. „Könntest du das bitte lassen? Wir kennen uns doch gerade mal seit einer Stunde. Ich bin hier, um über dein Buch zu sprechen. Und wie ich dir dabei helfen kann.“

„Oh, das tut mir leid, Clara, wirklich! Ich wollte auf keinen Fall eine Grenze überschreiten. Tut mir leid, wenn du das so wahrgenommen hast. Lass mich dir noch einen Drink ausgeben, als Entschuldigung, okay? Noch einen Drink, und dann rufe ich dir ein Uber, damit du deinen Flug nicht verpasst, ja?“

„Na gut.“

„Ich gehe eben zur Toilette und hole die Drinks“, sagte er.

Jetzt konnte ich einfach gehen. Aufstehen und nicht wiederkommen. Aber er würde sich fragen, was passiert war. Und ich würde den Job nicht bekommen. Außerdem hatte er meine Handynummer. Er konnte mich also jederzeit erreichen. Und er war Professor, kein Serienmörder.

„Vergiss die Drinks“, sagte er, als er wiederkam. „Lass uns gehen. Die Rechnung ist bezahlt. Ich hab schon ein Uber gerufen.“

Wir verließen das Restaurant und stiegen in den Aufzug nach unten, den wir mit anderen Gästen teilten. Meine Hände brannten und fühlten sich an, als hielte ich sie noch immer an die Kerzenflamme. Als wir nach draußen gingen, löste die kalte Luft einen pochenden Schmerz in meinen Fingern aus. Ich schaute auf die beiden roten Stellen, an denen sich kleine Blasen zu bilden begannen.

„Da ist mein Uber!“ Ich lief zum Wagen.

Er folgte und öffnete mir die Tür. Ich schlüpfte hinein.

„Danke. Und meld dich wegen des Buchs!“ Ich lehnte den Kopf an die Scheibe und betrachtete weiter die Innenseite meiner Hände. Ich untersuchte die roten Blasen, als die Autotür ein weiteres Mal zufiel. Ich teilte mir oft Uber-Fahrten mit anderen, deshalb sah ich nicht auf. Bis ich eine Hand auf meinem Oberschenkel spürte. What the fuck! „Du kommst mit?“

„Ich kann dir helfen, dein Gepäck zu tragen.“

„Nein, nein. Ich komm schon klar – ist eh nur Handgepäck.“

Er blieb sitzen und der Wagen fuhr an. Draußen leuchtete die Skyline.

Ich schob seine Hand von meinem Oberschenkel zurück auf die Sitzfläche und rückte ein Stück weiter in Richtung Tür. Keine Minute später lag sie wieder auf meinem Schenkel. Diesmal ließ ich sie dort liegen, schloss die Augen und dachte an die tanzende Flamme auf dem Tisch in der Bar. Als ich die Augen wieder öffnete, rollte der Wagen in meine Straße. Wir stiegen aus und er folgte mir zur Tür. Diesmal nahm ich nicht die kleine Treppe über den Garten, sondern steuerte direkt auf die große Holztür am Hauseingang an der Hauptstraße zu. Das machte ich sonst nie. „Meine Mitbewohnerin schläft. Mach dir keine Sorgen, ich komm schon klar. Danke für die Drinks und das Uber. Schick mir einfach alles per E-Mail, und dann können wir über die Details zu deinem Buch sprechen."

Jetzt kannte er meine Adresse. Egal. Ich würde ihn vermutlich sowieso nie wieder sehen. Er lehnte sich vor, als wollte er mich küssen. Ich drückte die Klinke. Chelsea kam die Treppe heruntergerast und fing an, wie verrückt zu bellen. Sonst bellte sie nie, wenn ich in Begleitung war. Ich knallte die Tür hinter mir zu und kuschelte mich an ihr Fell. „Chelsea, du bist meine Heldin!", flüsterte ich.

Als ich am Flughafen ankam, poppte eine Nachricht auf meinem Handy auf.

„Hey, hast du es pünktlich zum Flughafen geschafft?"

Ich steckte das Handy zurück in die Tasche und machte mich auf den Weg zur Sicherheitskontrolle. Ping. Noch eine Nachricht. Inzwischen war es zwei Uhr morgens. Schlief der Typ denn nicht?

„Gute Reise. Ich habe unser Date heute Abend sehr genossen."

Meine Fingernägel klackerten auf dem Handybildschirm, so heftig tippte ich. „Ich steige jetzt in den Flieger. Und btw: Das war kein Date!!!"

„Natürlich war es das, gib es einfach zu. Sei nicht so schüchtern!"

Ich warf das Handy zurück in die Tasche.

Als das Flugzeug auf die Startbahn rollte, ließ ich mich in den Sitz sinken und merkte, wie sich die Anspannung löste. Handy aus, Musik an. Und schon war ich eingeschlafen. Als ich in Omaha landete, schaltete ich das Telefon wieder ein, um Tante Rachel anzurufen und zu fragen, ob sie es schaffen würde, mich vom Flughafen abzuholen. Bestimmt war sie noch im Krankenhaus. Ich war mir nicht mehr sicher, wann ihre Schicht endete.

Ungelesene Nachrichten: 25.

Verpasste Anrufe: 8.

„Hey, bist du gut in Omaha angekommen?"

„Hey, hat dich deine Tante vom Flughafen abgeholt?"

„Guck mal, war gerade noch bei Chipotle. Hatte Heißhunger."

„Genieß die Zeit mit deiner Familie."

„Ich würde mich freuen, wenn wir uns wiedersehen."

„Meld dich mal, wenn du angekommen bist."

„Ich kenne da ein wirklich gutes Restaurant bei dir um die Ecke. Das würdest du mögen!"

Tante Rachel hatte nicht versucht, mich zu erreichen. Als ich aus der Ankunftshalle trat, schlug mir ein eiskalter Wind entgegen. Der New Yorker Winter war kalt, aber nichts gegen diesen hier in Nebraska. Wieder blieben meine Haare am Lipgloss kleben, und weil meine Lippen feucht waren, bildete sich eine hauchdünne Eisschicht darauf. Der alte Chevrolet meiner Tante rollte hinter einem schwarzen Mercedes auf mich zu.

„Schön, dich wiederzusehen, Clar'. Wie war dein Flug? Wie lief's mit dem Buchtypen? Hast du den Job?"

Ich umarmte sie fest.

Ich schaue auf meine Hände. Seit zwei Jahren bin ich wieder in Europa. Mit dem Zeigefinger streiche ich über die Ballen meiner Handinnenfläche. Die Haut dort ist rau, ein weißer Fleck an beiden Händen, fast durchsichtig. Ich erinnere mich, dass ich damals die Treppe in die Küche hinunterrannte und fast gestürzt wäre, weil ich über eins von Chelseas Spielzeugen stolperte. Ich erinnere mich, dass ich am selben Morgen meine Mutter anrief und das Gespräch frustrierend war. Ich erinnere mich, dass es ein Tag im Dezember war, und an meinen viel zu großen Mantel. Ich erinnere mich an den Tag, an dem ich beschloss, mein Leben selbst in die Hand zu nehmen. Es war derselbe Tag, an dem ich meinen Stalker traf.

Lars Graue:
Die Erste

Personen:

Julia, Pascals Freundin
Pascal
Leon, Pascals Bruder
Tina, Pascals Mutter
Opa Fritz
Oma Elfriede
Claudia, Pascals Tante
Lizzi, Pascals Cousine

NACH dem Mittagessen gingen Oma Elfriede und Opa Fritz aufs Sofa oder, wie sie immer sagten, „in die Waagerechte". Julia musste jedes Mal lachen, wenn sie das hörte. Sie schaute rüber zu Pascal. Die beiden schauten sich häufig kurz an, während sie mit anderen redeten. Sie mit ihren *Asian* Augen, wie Pascal immer sagte; er mit seinen blaugrünen Augen einer deutschen Kartoffel, wie Julia immer sagte. Weil sie wussten, was der andere dachte.

Auf dem Weg zur Haustür blieb Julia zusammen mit Pascal und Leon, seinem Bruder, vor einer Bilderwand stehen. Tina, Pascals Mutter, kam dazu.

„Die Strääähnen, ich kack ab." Julia musste lachen, als sie den neunjährigen Pascal sah. Sie zog immer die Wörter in die Länge, wenn sie etwas süß oder lustig fand.

„Guck mal, hier mit den ganzen Cousins und Cousinen", sagte Tina.

„Da hast du genauso ein rattiges Grinsen wie heute", sagte Julia zu Pascal. Pascal schloss die Augen und sagte: „Ha, pfff."

„Das ist Opa Fritz als Kind. Mann, der sieht genau aus wie Leon!" Tina nahm das Bild von der Wand und schaute Leon an. Auch Julia schaute aufs Foto, zu Leon, aufs Foto, wieder zu Leon.

„Stiiiimmt. Krass, das ist mir noch gar nicht aufgefallen."

„Und hier bin ich mit meinen Schwestern in der Wäschewanne, nackidei." Tina redete sich in einen Rausch. Wie eigentlich immer, wenn sie sich Bilder anschaute. Das fiel Julia aber erst Monate später auf, als sie Tina wieder, wie so oft, mit Bildern auf WhatsApp zuspammte. Wirklich alles, was Tina dachte, sprach sie aus. Ein Wasserfall. Julia fand das am Anfang irgendwie süß, dann aber irgendwie too much.

Tina zeigte aufs nächste Foto. „Das ist Opas Opa, Erich Köster. Warte mal ..." Ihr Kopf und ihre Augen bewegten sich hin und her, sodass der graue Scheitel ihrer kurzen Haare wippte. Sie suchte irgendwas. „Wo ist denn der ...? Ah, da ist der Stammbaum." Sie ging auf die Zehenspitzen und krallte sich den schwarzen Bilderrahmen. Hinter der Scheibe verzierte Striche und Namen in Runen. Julia schaute schnell rüber zu Pascal. Seine Augen grinsten. Sie war sicher, dass er wusste, was sie dachte: Naaaziii. Sie verwendete das Wort bei jeder Kleinigkeit, die irgendwie rechts sein könnte; meist stimmte das nicht.

Tina erklärte, wer wie mit wem verwandt war. Für Julia etwa so aufschlussreich wie eine Fußballtalkshow am Sonntagmorgen. Julia war froh zu wissen, wie Pascals Oma und Opa hießen. Sie würde sich ohnehin nicht daran erinnern, was Tina ihr erzählte.

„Der Erich Köster musste damals einen Ariernachweis erbringen. Für die Nazis."

Julia stutzte bei dem Wort, das sie eben noch im Kopf hatte. Eigentlich interessierte sie sich null für Geschichte. Aber hier hörte sie dann doch hin. „Oke." Julia dachte sofort an sich. An das, was sie im Spiegel sah: nichts sogenannt Arisches.

„Bis ins 17. Jahrhundert ist unsere Familie arisch. Das ist alles in unserem Familienbuch dokumentiert." Julia drehte sich nach Pascal um, aber er war gar nicht da, wohl unbemerkt aufs Klo geschlichen. Dann schaute sie Leon an. Nur ein müdes Lächeln, als würde er denken: Ist das bescheuert. Er schien aber nicht das zu denken, was Julia dachte: Ich bin die erste Ausländerin. Dann dachte sie, dass sie eigentlich gar keine Ausländerin war. Hier aufgewachsen, zu Hause ein russischer und ein deutscher Pass in ihrer Schublade. In Julias Ohren klang Tina irgendwie stolz. Sie war sich aber nicht sicher, ob wegen der reinrassigen Herkunft oder der besonders guten Dokumentation der Familiengeschichte. War Tina nicht Geschichtslehrerin? Sprach sie von solchen Nazi-Dingen auch so vor ihren Schülern?

Seit Julia mit Pascal zusammen war, seit vier Monaten, war sie immer an den Wochenenden bei ihm. In den ersten Monaten hatte er noch in Paderborn gelebt. Für sein Lehramtsstudium. Das war nun Geschichte. Er hatte diese Prüfung, Fachdidaktik, im Drittversuch verkackt. Tschüss, Partyborn. Pascal machte jetzt eine Ausbildung und lebte, mit 23, wieder bei seinen Eltern in Wehdem, nur zwei Dörfer entfernt von Julias Elternhaus.

Weil Julia immer an den Wochenenden bei Pascal war, kam sie mit zu Oma Elfriede. Eine Oma, die gut kochte; die einem immer zu viel auf den Teller lud; die von „ihren Frauen" beim Kartenklub erzählte. Julia mochte sie, und sie mochte Julia.

Obwohl sie sich geschworen hatte, dass ihr Freund auf gar keinen Fall aus Stemwede oder Rahden oder irgendeinem anderen Kaff aus diesem ostwestfälischen, inzestuösen Loch kommen sollte, war es doch so gekommen. Auf einem Festival in diesem Loch, auf dem Pascal und sie die Theke gemacht hatten, hatte Pascal sie angesprochen. Er war ein Freund ihres Ex-Freundes. Noch ein No-Go. Trotzdem war es doch so gekommen.

Ihre Eltern hatten sich noch zu Sowjetzeiten kennengelernt, in Nowosibirsk geheiratet und waren dann mit Julia im Gepäck nach Stemwede gezogen. Sie Russin, er Kasache. Sie sprach Deutsch mit rollendem R und lang gezogenem I, aber ziemlich gut; er eher gebrochen. Julia war immer an den Wochenenden bei Pascal. Weil sie, auch wenn sie das ihm gegenüber nicht zugegeben hätte, Angst hatte. Angst, dass Pascal mit ihren Eltern nicht warm würde. Also erst mal abwarten, ob sie klarkommen würden. Und so lange erst mal bei Pascal chillen.

An Pascals Seite ging Julia durch die Tür, ins Wohnzimmer von Oma Elfriede. Sie brachte ein zögerliches „Hallo" und ein nicht weniger zögerliches „Frohe Weihnachten" über die Lippen. Es war der erste Weihnachtstag und sie kamen fünf Minuten später als abgemacht. „Frohe Weihnachten gehabt zu haben", sagten alle in Pascals Familie: Opa Fritz, Tanten und Onkel, Cousinen und Cousins. Was ist das denn für eine Grammatik?, fragte sich Julia.

Julia hielt sich grundsätzlich zurück, wenn sie in ganz großer Runde bei Pascals Familie zu Besuch war. Sie wollte nicht angeschaut werden, auch wenn sie genau wusste, dass man sie ohnehin anschauen würde. So jemand wie sie war schließlich noch nie Teil der Familie gewesen. Das hatte ihr Tina ja auf ach so elegante Weise vermittelt. Obwohl das gar nicht Tinas Absicht gewesen war, da war sich Pascal und später auch Julia sicher, nachdem sie ihn darauf angesprochen hatte.

Nur eine in der Runde sagte nichts bei der Begrüßung: Pascals Tante Claudia. Ihr Blick mit offenem Mund aber sagte mehr als genug. Totale Gesichtsentgleisung. Julia war sicher, dass sie „Das glaub ich jetzt nicht" gemurmelt hatte, während sie herübergestarrt hatte. Julias Kopf glühte, obwohl sie vor zwei Minuten noch geklagt hatte, dass ihr kalt sei. Oma Elfriede kam ins Wohnzimmer, ausgestattet mit einem Tablett voller Sektgläser und der erwarteten Familienfeierfreundlichkeit. Claudia machte einen großen Bogen um Elfriede, ihre Mutter, und hastete aus dem Raum. Julia schaute Pascal an: Er hatte keinen Plan, was abging. Pascals andere Tante lief Claudia hinterher.

Erst traute sich niemand, etwas zu sagen. Leon grinste und fragte seine Cousinen und Cousins, alle älter als 15: „Na, Kinder, was habt ihr so alles zu Weihnachten gekriegt?" Die anderen, obwohl geistig woanders, spielten das Spiel mit und zählten ihre Geschenke auf. Sie sahen aber aus, als hätten sie gecheckt, was mit Claudia abging. Auch die Alten spielten mit und plauderten. Wenigstens keine Stille, dachte Julia.

Nachdem alle durch waren, sagte Pascal: „Wisst ihr, was mit Claudia los ist?"

„Ja", sagte Pascals Cousin, als hätte er nur darauf gewartet. „Oma hat zu Mama gesagt: ‚Weihnachten dieses Jahr ohne Begleitung.'"

„Das hat sie auch zu meiner Mama gesagt", sagte Pascals Cousine, die Tochter der anderen Tante.

Julia, die seit „Frohe Weihnachten" kein Wort mehr gesagt hatte, fing Pascals kurzen Blick auf. Ihre Mundschleimhaut fühlte sich an, als hätte ihr jemand die Wangen an die Zähne geklebt. Sie wünschte sich, jemand hätte das getan. Dann hätte wenigstens niemand erwartet, dass sie etwas sagte.

„Zu uns nicht", sagte Pascal. Alle sahen Julia an. Sie sagte nichts.

„Für mich spielt das doch eh keine Rolle", sagte Leon und schmunzelte. Die anderen lächelten, nahmen schnell einen Schluck Sekt und schauten in ihre Gläser. Leon hatte schon lange keine Freundin mehr. Seine Cousinen und Cousins, auch Pascal und besonders Julia machten ständig Witze darüber. Er selbst auch. Aber lachen konnte in diesem Moment keiner darüber.

„Und was können wir dafür?"

Julia war froh, dass Pascal „wir" gesagt hatte. Sie hätte nicht reden können. Sie hatte das Gefühl, kotzen zu müssen.

Die anderen zögerten, dann sagte der Cousin: „Nichts könnt ihr dafür, das ist Omas Schuld." Pascal sah so aus, als wollte er direkt etwas dazu sagen, seine Oma verteidigen. Aber er ließ es.

Die Familie war seit ein paar Monaten ohnehin nicht mehr *eine* Familie.

Das hatte Pascal Julia einmal abends über einem Döner erklärt. Der Cousin, Claudias Sohn, soll Oma Elfriede einmal angeschrien und gesagt haben, sie habe ohnehin keine Ahnung, wie das mit der Waage funktioniere. Julia hatte es nicht ganz kapiert, wie so oft, wenn so viele Personen genannt wurden. Aber es ging wohl um diese riesige Waage auf dem Hof der Großeltern, mit der man Anhänger von Treckern wiegen konnte. Claudia habe ihre eigene Mutter niedergemacht, anstatt zu sagen, er solle respektvoll mit seiner Oma reden. Pascal wollte Julias Bestätigung, dass das eine Frechheit sei.

Julia sagte: „Oke", und dachte: Wir kennen doch nur die eine Seite.

Seitdem gab es zwei Lager: Oma Elfriede und Claudia. Dazwischen gab es nichts. Pascals Mutter hielt zu Oma Elfriede, die andere Schwester zu Claudia. Alle zerrissen sich ihre Mäuler. Die zwei Lager redeten zwar miteinander, aber nur über das Wetter, das Essen und die Maloche.

An diesem ersten Weihnachtstag wurde es nicht besser.

Die Gans war seit neun Uhr im Ofen und tief dunkelbraun, also setzten sie sich alle zusammen an den Esszimmertisch. In Wahrheit waren es zwei Tische. Eine imaginäre Wand trennte die Tafel. Sie wollten sich zusammenreißen, den Anschein einer funktionierenden Familie wahren. Die Alten sprachen über das Wetter, das Essen und die Maloche; die Jungen über die Uni und über die Schule. Vermutlich war es in den Nachbarhäusern nicht großartig anders.

Zum Nachtisch gab es Herrencreme. Ein Pudding mit Schokoladensplittern und Rum, den Pascal, Leon und alle anderen in dieser Familie bedingungslos abkulteten.

Julia fand ihn nicht besonders. Und sie irritierte der Name. Er erinnerte sie daran, dass Pascals andere Großeltern einen Raum in ihrem Haus hatten, den sie Herrenzimmer nannten. Wäre sie allein mit Pascal und seinem Bruder gewesen, hätte sie „Naaaziii" gerufen und gelacht. Doch sie sagte nichts, ohnehin war sie kurz vorm Kotzen. Stattdessen musste Julia an Claudias Blick denken. Sie schaute auf die *Herren*creme, diese stracciatellaähnliche Pampe vor ihr, und dachte an den Stammbaum und den Ariernachweis. Ich, dachte sie, bin kein *Herren*mensch.

„Ich muss Kaffee und Kuchen vorbereiten", sagte Oma Elfriede. Ihre Stimme eierte. Bis dahin hatte sie kaum gesprochen. Sie eilte aus dem Raum, und Julia sah, wie sie die Brille von der Nase nahm und sich Tränen aus den Augen wischte, während sie noch in der Zarge war. Julia hatte sie in den wenigen Monaten schon mehrere Male weinen sehen. Meistens waren es Freudentränen. Heute wohl kaum.

Während Oma Elfriede in der Küche war, setzten sich Julia und Pascal nebenan ins Wohnzimmer. Auch Lizzi, Pascals Cousine, kam hinzu. Die anderen jungen Leute blieben, wie der Rest der Alten, am Tisch sitzen. Eigentlich waren es nicht zwei Zimmer, sondern eines, das, wenn nicht gerade Familienfeier war, durch einen Vorhang in zwei Hälften getrennt wurde.

„Das ging wirklich gar nicht. Das ist echt eine Zwei-Klassen-Gesellschaft", sagte Claudia. Sie saß mit ihrer Schwester an einer Ecke des Esstischs.

„Wirklich. Da braucht man gar nicht zu fragen, wer die Lieblingstochter ist. Immer werden Tina oder Pascal oder Leon bevorzugt." Die beiden Schwestern sprachen laut. Forciert laut, wie Schauspielerinnen auf einer Bühne ohne Mikrofon.

Lizzi, Pascal und auch Julia selbst schauten drein, als wünschten sie sich nichts sehnlicher, als im Sofa zu versinken. Dann sah Julia zu Pascal rüber und er zu ihr. Kein Lächeln, nicht mal in den Augen.

Kaffee und Kuchen fielen an diesem ersten Weihnachtstag aus. Mitsamt den drei Torten, die im Kühlschrank warteten.

Lisa Plank:
Dosensekt von Aldi

2003

„Groß oder klein?", fragt der Vater.

„Papaaaaa, das ist peinlich", sagt Anne und verschränkt die Arme vor ihrem Bikini, der die noch nicht vorhandenen Brüste bedeckt.

„Aber wir haben doch das Klo dabei", sagt er und zieht einen weißen Kanister mit einer Klobrille darauf unter der Bank hervor. Keine zehn Pferde könnten sie auf dieses Klo zerren. Sie will runter von diesem Boot, sie will zurück auf den Campingplatz, sie will eine echte Toilette mit Spülung und eine Tür, die man abschließen kann.

Sie mag den Campingplatz, auf dem sie jeden Sommer verbringen. Die Männer treffen sich dort um elf Uhr morgens auf das erste Bier, am hintersten Ende des Campingplatzes. Manchmal begleitet Anne ihren Vater, wenn er dort hingeht.

„Ich hab mein Leben lang unter Tage gearbeitet", erzählt einer von ihnen mindestens jeden zweiten Tag. „Und jetzt muss ich zum Arbeitsamt. Kannst du dir das vorstellen?"

Der Bauch dieses Mannes ist dick, die Haut dunkelbraun von der Sonne, die dicke Goldkette wird von der Brustbehaarung fast verdeckt. Hier sehen alle so aus.

Aber jetzt ist sie nicht auf dem Campingplatz, sondern auf dem Boot. Sie muss gar nicht groß, aber das sagt sie ihrem Vater nicht, schließlich kennt sie die Antwort: „Dann piesel doch ins Wasser." Das sagt er immer, trotzdem hat sie es noch nie gemacht. Obwohl sie sich gut vorstellen kann, wie es sich anfühlt. Wenn sich das Wasser einen kurzen Moment in Körpertemperatur an sie schmiegt, bis die Strömung gleich darauf wieder einen kalten Schleier um sie legt.

„Ganz nobel geht es jetzt bei uns zu, wie bei denen da drüben", sagt der Vater. Die da drüben, das sind die Leute auf der Jacht nebenan. „Was glaubst du, arbeiten die Leute, denen das gehört? Wir arbeiten jeden Tag. Glaubst du, die arbeiten noch mehr?", fragt er seine Frau. Sie zuckt mit den Schultern.

Anne sind die reichen Leute von nebenan weniger egal als ihrer Mutter. Ob die das warme Wasser um Anne herum von oben sehen könnten? Würde es sich gelb färben? Sie weiß es nicht, also geht sie kein Risiko ein. Sie bleibt auf dem eigenen Boot.

Das eigene Boot, das mit der Kanistertoilette, ist kleiner als das Beiboot der Jacht. Es ist braun lackiert, eine Scheibe ist gesprungen, die Sitzbank selbst gebaut. Trotzdem ist alles da, alles, was man für ein gutes Leben braucht. Die Achseln und Beine der Eltern sind unrasiert, die Bäuche auf den Oberschenkeln abgelegt. In der Hand eine Dose Sekt von Aldi, Ravini Rosato Frizzante, 89 Cent pro Dose zuzüglich Pfand, natürlich mitgebracht aus Deutschland. Das ist das gute Leben.

2023

„Was macht er denn beruflich?", fragt der Vater.

„Er ist Anwalt", sagt Anne. In einer anderen Welt würde der Vater jetzt aufatmen. Seine Tochter hat einen Freund. Einen Freund, der Geld verdient, viel mehr als sie und ihre Eltern zusammen. Eigentlich ein Lottogewinn, die Fahrkarte in ein besseres Leben. Aber der Vater freut sich nicht.

Kurz ist er still. Dann: „Und seine Eltern? Sind die auch *Akademiker?*" Er spricht das Wort aus, als sei es eine Beleidigung, die man nicht zu laut sagen darf. Fotze, Hurensohn, *Akademiker.*

„Ja, die Eltern sind Ärzte", sagt sie.

„Aha." Er lässt sich nicht anmerken, was er davon hält. Muss er auch nicht, sie weiß es ja längst.

Ein paar Tage später sitzt sie mit vier anderen jungen Männern auf dem Balkon ihres neuen Freundes. Sie sind Anwälte, aber nicht so spießig wie die anderen Anwälte, zumindest betonen sie das immer wieder. Vielleicht wollen sie deshalb die ganze Zeit über Keta und Kunst reden und natürlich: *die Gesellschaft.* Sie finden, eine starke Linkspartei sei wichtig, aber seit Wagenknecht könne man sie nicht mehr wählen. Die Bücher von Martin Suter und Rainald Goetz nennen sie disruptiv, die von Sophie Passmann und Juli Zeh unerträglich. Und in die Kammerspiele braucht man auch nicht mehr gehen, das Theater verkommt, seit Lilienthal nicht mehr Intendant ist.

Sie zieht das Handy aus der Tasche und tippt „Durchschnittseinkommen Deutschland" in die Google-Suchleiste. 49.200 Euro im Jahr. „Durchschnittseinkommen München": 55.766 Euro. „Niedrigstes Durchschnittseinkommen Deutschland": Gelsenkirchen, 17.600 Euro. Klar, dass keiner die Münchner mag. Die gesamte Stadt sollte enteignet werden. Nicht Umverteilung von oben nach unten, sondern von München nach Gelsenkirchen.

Sie legt das Handy weg. Die Leute auf dem Balkon sehen gut aus. Ihre Körper sind schlank, die Zähne weiß, die Haut irgendwie rosig. Sie ernähren sich bestimmt gesund, gehen zum Sport und zur Zahnreinigung. Wahrscheinlich haben sie sogar eine Skincare-Routine.

Sie denkt erst an ihren Vater, dann an die Männer auf dem Campingplatz. Die haben so was nicht. Sie denkt an das Münchner Durchschnittseinkommen, 55.766 Euro pro Jahr. Gelsenkirchen, 17.600 Euro pro Jahr. Am liebsten hätte sie jetzt einen Dosensekt. „Und", fragt sie die jungen Männer, „sind eure Eltern auch *Akademiker?*"

Tanja Mokosch:
The Simple Life

IM Nachhinein glaube ich, wir waren gar nicht für länger gedacht. Mehr Paris Hilton und Nicole Richie als Hanni und Nanni. Gut für eine Staffel, in der wir gemeinsam in viel zu teuren Gummistiefeln durch Kuhscheiße waten. Metaphorisch gesprochen, versteht sich, aber irgendwie auch ganz treffend. Unsere Gummistiefel Vintage-Prada-Bags, die Kuhscheiße ein langer Lockdown-Winter in Berlin. Bestimmt fun to watch, auch wenn sich das Publikum oft über uns gewundert haben muss.

Ein toter Schwan lag im Kanal, festgefroren, konserviert für Tage oder Wochen, und wir saßen zusammen in der Küche. In deiner, dann meiner, dann wieder deiner, dann wieder meiner und so weiter.

„Ich versteh es nicht", habe ich schon wieder gesagt.

„Es gibt auch nichts zu verstehen", hast du geantwortet, wahrscheinlich zum siebenunddreißigsten Mal allein an diesem Abend. „Hat halt nicht gepasst bei euch. War ja von Anfang an schwierig." Falls du innerlich die Augen verdreht hast, hast du es gut versteckt.

„Mhm", habe ich gesagt und dir noch mal Wein eingeschenkt. Hat nicht gepasst. Woher willst du das wissen?

Irgendwann war der Schwan weg und du hattest mir das Mantra so oft vorgebetet, dass ich es glaubte. Hat halt nicht gepasst. Arianas *thank u, next* wurde unser Lied. Wenn man sich den Film von damals heute noch mal anschauen würde, wäre das ein genialer Foreshadowing-Moment. Der Frühling kam und alles war einfacher als zuvor, als die Stadt noch so viele Möglichkeiten geboten hatte, dass man sich höchstens mal unter der Woche auf ein Bier verabredet hatte, aber dann vielleicht lieber nächste Woche. Der Berliner 40-Minuten-mit-der-Bahn-Radius verkürzte sich auf zehn Fahrradminuten, weil man nur noch die Menschen traf, die in der Nähe wohnten.

Wozu lange Wege auf sich nehmen? Der Lockdown war eng, aber wohltuend wie eine Umarmung.

Das Wetter gebot, dass wir uns auch außerhalb unserer Küchen treffen sollten. Wir saßen am Kanal und rauchten Marlboro Gold, verabredeten Dates mit Matches an denselben Abenden der Woche, damit die anderen frei blieben für uns. Was auf den Dates passierte, war nur wichtig, damit wir es uns am Tag danach erzählen konnten.

„Und, wie war's?", fragte ich oder fragtest du.

„Joaa", sagtest du oder sagte ich. „Viel gelabert, wenig gefragt."

Wir nickten oft und langsam.

„Ging's lang?", fragte ich oder fragtest du.

„Schon", sagtest du oder sagte ich.

„Bei dir?"

„Same."

So rauchten wir noch ein paar Monate den Kanal entlang, bald durften wir eine Stunde länger draußen bleiben, dann so lange, wie wir wollten, dann durften wir uns in Biergärten setzen, die jetzt Außengastronomie hießen, und schließlich war alles wie immer, nur wir nicht. Uns hatte es ja vorher gar nicht gegeben. Zwei kryogenisch Eingefrorene, zufällig in derselben Zeitkapsel gelandet, tauten langsam wieder auf. Was lange egal gewesen war, weil eh nichts mehr normal gelaufen war, wurde wieder wichtig. Terminkalender, Businesslunch, Geburtstagsparty, Duschen, Schminken, Hosen, Elternbesuch, neuer Bekannter, alte Freundin, After-Work-Drink, Konzert, Theater, Kino, Joggen, Essen, Schlafen. Wenn es am Ende doch noch eine Zukunft geben sollte, wie wir sie uns immer vorgestellt hatten, war ganz schön viel Zeit verloren gegangen, die wir gebraucht hätten, um diese Zukunft herzustellen. Also hörten wir auf zu rauchen, der Sommer rauschte dahin.

An einem Sonntagmittag riefst du mich an. Es war schon fast dunkel, ich stand am Küchenfenster und bemerkte zum ersten Mal in diesem Jahr, dass der Hinterhofbeton schon wieder von glitschigen, braunen Blättern gesprenkelt war.

„Was machst du? Ich bin auf dem Heimweg und könnte noch vorbeikommen", sagtest du.

„Ich kann grad nicht, M. ist noch da", sagte ich und spürte, dass ich dich hätte fragen sollen, ob wir uns später noch treffen wollen, vielleicht eine Runde um den Kanal, aber ich konnte nicht. Ich wollte die Tür hinter M. zumachen, mich in die Badewanne legen und irgendeine Scheiße auf Netflix gucken, die ich direkt danach aus der „Continue Watching"-Liste löschen würde, weil M. und ich noch nicht so weit waren, dass er das über mich erfahren durfte, wir aber sicher bald wieder zusammen irgendeine weniger große Scheiße auf Netflix schauen würden. Sein Beamer war schon bei mir eingezogen.

„Oh, okay, gut, liebe Grüße“, sagtest du.

„Richte ich aus, tschautschau.“

An einem Freitagabend rief ich dich an. Ich stieg gerade aus dem Zug, der Wind war in den letzten drei Tagen saukalt geworden.

„Was machst du? Ich bin doch schon früher zurück.“ Ich zog meinen Koffer Richtung U-Bahn-Gleis. „Zu dir?“

„Ich bin gleich mit V. verabredet. Wir haben uns ewig nicht gesehen.“ V. war zuerst deine Freundin, und ich erkannte Fälle von „Wir wollen heute mal zu zweit sein“, wenn sie mir so präsentiert wurden. Ich zog meinen Koffer Richtung Bushaltestelle. Zu mir.

„Na guti“, sagte ich. „Dann halt die Tage, viel Spaß.“

Die Tage verstrichen, wir sahen uns nicht. Statt uns anzurufen, pingpongten wir pflichtbewusste WhatsApp-Nachrichten. Hey, na. Alles gut? Jaja, grad viel los. Bei dir? Auch. Okay, na dann. Bis denn. Bis denn.

Manchmal fragen mich Leute nach dir, die damals besagtes Publikum waren und jetzt wieder Protagonisten sind. Wenn ich dann witzig sein will, sage ich, wir waren wie diese Urlaubsromanze, die man drei Wochen lang nur in Badehose sieht und, weil man zufällig in derselben Stadt lebt, zum obligatorischen Kaffee danach trifft – und dann steht da ein Mensch im Camp-David-Hoodie. Auch kein Drama, aber passt halt irgendwie nicht.

Und irgendwann rief ich dich zum letzten Mal an.

„Hey. Wie geht's?“, fragte ich.

„Ja, ganz gut, und dir?“, fragtest du zurück.

„Auch ganz gut“, sagte ich.

„Danke noch mal für das Armband.“ Ich hatte dir ein Plastikarmband zum Geburtstag geschenkt, weil ich wusste, noch aus der Küche, dass du so eins als Kind immer haben wolltest.

„Sehr gern. War echt ein schöner Abend.“ Ich war recht früh nach Hause gegangen.

„Fand ich auch.“

„Habt ihr noch lang gemacht?“

„Schon.“

„Schön.“

„Ja, gut, dann.“

„Ja, bis denn.“

3
FÜR IMMER MASKENBALL

Teil 3—
Himbeeren auf dem Balkon

Jonas Mayer:
Ermias

1

ES war ein schöner, frischer Morgen und das Meer schimmerte wie Perl-
mutt, als Ermias entschied, noch nicht zu sterben. Er presste die Lippen zusammen und trat zu, immer wieder, immer wieder trat er zu, bis sie ihn endlich losließen, Lydia an seinem linken Bein und der Teufel selbst an seinem
rechten. Er schaute nach oben, gen Licht, und zog. Als er mit dem Kopf die
Wasseroberfläche durchbrach, japste er.

„Ermias!"

Luam schrie nach ihm.

„Ermias!"

Wo war er?

„Ermias, hier", brüllte Luam und winkte.

Sie waren beide gute Schwimmer, beide Söhne von Fischern in Massaua am Roten Meer. Wenn ihre Väter und die großen Brüder morgens die
Boote zu Wasser ließen und mit langen Schlägen aus der Bucht steuerten,
schwammen Luam und Ermias ihnen hinterher, bis die Arme schwerer und
die Worte ihrer Väter strenger wurden. Erst dann kehrten sie um, aber tauch-
ten noch eine Weile nach bunten Steinen, mit denen sie dann Mancala spielten.

Luam lag mit Brust und Bauch auf einer Holzplanke. Er griff nach Ermias und zog ihn neben sich.

„Nagel", sagte er. Das Teil ragte krumm und rostig und fies aus dem
weißen Lack.

Ermias würgte einen Schwall Salzwasser darüber.

Eine Weile lagen sie da und schauten dem Sterben zu. Auf ihren Gesichtern trocknete das Salz. Dann, wie auf ein geheimes Zeichen, vielleicht war es eine Windböe, glitten sie ins Wasser zurück und schwammen. Es war nicht weit, nur ein paar Hundert Meter, bis sie an Land tapsten. Dort stand eine Gruppe Menschen. Sie gaben ihnen Wasser und wickelten sie in glitzernde Folien, zwei kleine, nackte Jungen, die sich alle Kleidung ausgezogen hatten, um nicht zu ertrinken, kurz vor Europa.

Die Idee zur Flucht war langsam eingesickert. Vermutlich begann es an dem Tag, an dem sie neben der Grundschule von Massaua auf den Bus aus der Hauptstadt warteten. Ermias ältester Bruder war dorthin geholt worden, um den Nationaldienst zu leisten, so wie alle jugendlichen Jungen und Mädchen in Eritrea es in ihrem letzten Schuljahr machten, machen mussten. Heute sollte er zurückkommen. Als der Bus um die Ecke bog, hüpfte und jauchzte Ermias. Die Bremsen quietschten, der Busfahrer öffnete die Tür, und heraus stieg – niemand. Nicht sein Bruder jedenfalls.

Es war die Tochter eines Nachbarn, die ihnen vom Dienst in Asmara erzählte. Vom militärischen Drill, von den Schlägen, von den Zellen ohne Fenster und ohne die Hoffnung, wieder nach Hause zu kommen. Denn das war fast ausgeschlossen, so man nicht schwanger wurde.

Der Vater sagte nichts. Nicht beim ersten Sohn und auch nicht beim zweiten. Als der Vater aufs Meer gefahren war, nahm Ermias die Hälfte des Geldes und ging. Am Stadtrand wartete Luam. Sie fuhren nach Asmara, dann weiter an die Grenze zum Sudan und von da aus 3.000 Kilometer durch die Wüste. In Sabha brannten sie ein halbes Jahr das Kupfer aus alten Fernsehern, um freizukommen, lernten Lydia kennen, und in Misrata gingen sie an Bord.

Am Morgen des 3. Oktober 2013 kenterte vor der Küste von Lampedusa ein 20 Meter langer, weiß gestrichener Kutter mit 545 Geflüchteten aus Eritrea und Somalia an Bord. Der Motor war ausgefallen. Ein Mann zündete eine Decke an, um auf das Boot aufmerksam zu machen. Es sank 50 Meter auf den Meeresgrund, fast 400 Menschen ertranken. Lydia war im achten Monat schwanger gewesen.

Sie senkten alle Fahnen auf Halbmast und beluden die Fähren mit Särgen. Jeder aus Holz mit einer frischen Rose darauf, reihten sie sie im Hangar des Flughafens auf. Als es immer mehr Tote wurden, holten sie Kühltransporter. Für die Lebenden war wenig Platz. Ermias und Luam schliefen im Freien. Es regnete viel.

Kamerateams fragten nach ihrem Alter und hielten ihnen Mikrofone hin.

„Twelve", sagten sie.

„Es ist eine Schande", sagte der Papst.

„Das ist der Chef von Europa", sagte Luam, als die Anzugträger kamen und ihm Barroso über den Kopf strich und lächelte.

Als Minderjährige konnten sie nicht abgeschoben und schon gar nicht vor Gericht gestellt werden. Als vor Lampedusa nur eine Woche später die nächsten 200 Menschen ertranken, setzte das Flugzeug mit Ermias und Luam gerade in Frankfurt auf. Die Stewardessen gaben ihnen Gummibärchen und lächelten.

2

Ein silberner Adler, eingeprägt in blauen Stoff.

„Pass auf, dass du nicht drauf tropfst", sagte Mariam, der Übersetzer.

Ermias schloss den Mund und ließ den Pass fallen, als hätte er sich daran verbrannt. Nie hatte er etwas Schöneres, etwas Wertvolleres besessen.

„Rücken gerade!" Mariam war ein so herzlicher wie strenger Mann.

Die Tür ging auf, herein kam eine hochgewachsene Frau. Grauer Pulli, graue Haare, das Gesicht so faltig und großporig wie das von Injera-Brot vom Vortag. Sie blieb im Türrahmen stehen, schaute von dem Jungen auf den Pass am Boden, dann wieder zu dem Jungen.

„Herzlichen Glückwunsch", sagte sie.

„Danke", sagte Mariam, während er sich bückte und den Pass in Ermias Schoß legte.

„Danke", sagte Ermias.

„In Kassel ist ein Platz frei geworden. Dort wirst du übermorgen hinfahren." Die Frau pulte ein Taschentuch aus der Hosentasche und rotzte hinein.

Kassel. Kassel. K-a-s-s-e-l. Die Stadt im Norden, erinnerte sich Ermias. Die mit dem Wasserfall auf dem Berg mit der Statue. Davon hatte man ihm erzählt.

„Freust du dich?"

„Ja", log Ermias.

Er hatte auf Wiesbaden gehofft, wegen Luam. Die Tage in der Erstaufnahme in Gießen waren grau und still geworden, seit sein Freund gegangen war. Über ihm im Stockbett schlief jetzt ein Mann aus Syrien. Nachts schrie der Mann und wälzte sich so wild hin und her, dass das dünne Metallgerüst klapperte. Zumindest übten sie Deutsch zusammen und kochten etwas, was Zegni ähnelte, nur ohne Fisch.

„In Kassel gibt es viele Eritreer“, sagte Mariam, nachdem die Frau sich umgedreht und die Tür geschlossen hatte. „Es gibt Restaurants mit eritreischem Essen, eritreische Supermärkte, und eritreische Gottesdienste gibt es in Kassel auch. Kassel ist gut.“

Ermias empfand seine Worte als tröstend. Er schlug den Pass auf und las: „A-u-f-e-n-t-h-a-l-t-s-t-i-t-e-l“.

„Ja, Aufenthaltstitel.“ Mariam ging vor ihm in die Hocke und nahm Ermias Hände in seine. „Du lebst jetzt in Deutschland, Junge.“

3

2014 flohen Zehntausende Menschen aus Eritrea nach Europa. Nur aus Syrien und Afghanistan waren es mehr. Rund ein Fünftel der Eritreer lebt heute im Ausland. In Deutschland sind es 80.000. Die meisten leben in Hessen. In Frankfurt, Gießen und Kassel.

Viele der älteren Eritreer in Deutschland sind nicht vor dem aktuellen Regime unter Diktator Isayas Afewerki geflohen, ihrem Held im Unabhängigkeitskrieg, sondern hatten das Land schon früher verlassen. Und so ist die eritreische Community eigentlich zwei Communitys, mit getrennten Gottesdiensten und getrennten Treffpunkten.

Ermias verbrachte seine Abende am Billardtisch im Eritreischen Café Kassel. Billard war italienisches Kolonialerbe, Ermias gewann die meisten Spiele. Wahrscheinlich, weil er sich vor jedem Stoß die Zeit nahm, den richtigen Winkel zu finden, und seine Gegenspieler die Geduld verloren. Danach setzte er sich zu den Männern an den Tresen oder in den Hinterhof und hörte den Gesprächen über die Arbeit, die Frauen und die Politik zu. Er fand Freunde und eine politische Haltung.

Ermias trank Pfefferminztee und Bier. Das erste mit 15, das Bittere daran schmeckte ihm gut. Doch er sah, was der Alkohol mit manchen der Männer machte, und hielt sich zurück. Nach einer Flasche war immer Schluss.

Nur an einem Abend im Mai 2017 trank er mehr – zwei, drei, vier Flaschen –, ging aus dem Café und die fünf Minuten zur Tiger's Bar. Dort feierten sie wie jedes Jahr die Unabhängigkeit und den Machthaber Eritreas. Als Ermias die eritreischen Fahnen und die bunten Lichter durch die Fenster scheinen sah, konnte er es nicht fassen.

„Lass sie“, hatten seine Freunde zu Ermias gesagt. „Du handelst dir nur Ärger ein.“ Doch nach einem letzten Schluck für den Mut stellte er die Flasche neben dem Eingang zur Tiger's Bar ab und ging hinein.

Alle schlugen sie zu, alle traten sie zu. Die Erwachsenen und sogar die

Mädchen. Einen ganzen Monat lang lag Ermias im Koma.

Er war gerade erst aus dem Krankenhaus entlassen worden, da stand er schon vor Gericht und schaute seinen Angreifern in die Augen. Voller Wut und voller Scham. Sie hatten ihn angezeigt, wegen Hausfriedensbruch. Alle Zeugen sagten mit der gleichen Geschichte gegen Ermias aus. Erst als der Richter skeptisch wurde, zogen sie die Anzeige zurück.

Ermias spürte nur Hass.

4

Im Heim bezog Ermias eine eigene Wohnung. Die Therapeutin sah er öfter als seine Freunde. Morgens fuhr er mit dem Bus zur Arbeit nach Oelshausen. Dort verputzte er den Tag über Innen- und Außenwände. Abends sah er fern und fiel früh ins Bett.

Er wurde leiser, wurde misstrauischer, als neue Männer das Eritreische Café besuchten. Sie hörten den Gesprächen im Raum aufmerksam zu und erzählten nur wenig von sich selbst.

Er begann, das Café zu meiden. Wenn er dennoch vorbeischaute, ging er am Tresen und am Billardtisch vorbei in den Hinterhof, setzte sich auf einen der kippeligen Plastikstühle und trank.

„Du trinkst zu viel", sagten sie. Ermias sagte nichts.

Im August 2022 nahmen ein paar Freunde und er die Regionalbahn nach Gießen. Sie wollten gegen das Eritrea-Festival demonstrieren, eine jährliche Propagandaveranstaltung. Der Protest eskalierte, es flogen Steine und Eisenstangen.

Ein paar Tage später saßen sie im Hinterhof des Cafés in Kassel. Das Blechdach über ihnen machte im Nieselregen schöne Töne.

„Die haben sich erschrocken", sagte Surafel. Sie prosteten sich zu. Surafel war dreimal so alt wie Ermias. Ein Veteran mit breiten Schultern. Ermias bewunderte ihn für seine Ruhe.

Ein Fremder trat durch die Tür zum Hinterhof und fragte nach Surafel. Surafel ging mit vor die Tür. Ermias und die anderen blieben sitzen und tranken, während ihr Freund auf dem Bürgersteig vor dem Café von einem Dutzend Männer geschlagen wurde. Und um ein Haar hätten sie ihn verschleppt.

Nur ein einziges Mal hatte Ermias ihn vorher weinen sehen, als in Eritrea seine Mutter gestorben war und er nicht zu ihrer Beerdigung fahren konnte. Sonst hätten ihn seine eigenen Kinder verloren. Die anderen hatten ihm von links und rechts Taschentücher gereicht. Jetzt weinte er wieder, und

Ermias weinte mit ihm. Es hätte genauso gut ihn und jeden anderen treffen können, der in Gießen protestiert hatte.

Ermias wollte den Hass in sich spüren, aber er konnte es nicht mehr.

5

2023 begann für Ermias mit einem Brief vom Amt. Sein Aufenthaltstitel müsse erneuert werden. Eine reine Formsache. Er müsse, bitte, lediglich in das eritreische Konsulat nach Frankfurt gehen, um sich dort einen Nachweis seiner Herkunft aus Eritrea ausstellen zu lassen. Den habe man damals noch nicht verlangt, er sei ja schließlich ein Kind gewesen, aber jetzt müsse er ihn bitte vorlegen. Wie gesagt, eine reine Formsache.

Für Ermias war es mehr als das. Eine Leistung vom Konsulat haben zu wollen, das bedeutete, eine Steuer zahlen zu müssen. Und die Taesa zu unterschreiben, eine Entschuldigung für die Flucht aus Eritrea.

Ermias versuchte, sich zu wehren. Er schrieb dem Amt zurück, auch seine Therapeutin schrieb dem Amt, zusammen riefen sie das Amt an. Aber das Amt bestand darauf.

Zehn Jahre nach seiner Flucht sollte Eritrea ihn wiederhaben.

Es war ein schöner, kühler Abend und die Schneeflocken schwebten wie Federn vom Himmel, als Ermias entschied, zu sterben. Er ging in sein kleines Badezimmer, band drei Handtücher aneinander und legte sie zu einer Schlinge zusammen.

Alle eritreischen Personen in dieser Geschichte gibt es wirklich. Ihre Namen sind falsch, doch ihre Schicksale wahr. Die Suizidrate unter jungen Eritreern liegt nach einer Erhebung von eritreischen Vereinen in Deutschland um das 80-fache über dem deutschen Durchschnitt. Die meisten erhängen sich.

Marie Heßlinger:
Himbeeren auf dem Balkon

MANCHE Menschen erben von ihrer Verwandtschaft ein Haus. Manche erben einen Pferdestall, Schmuck, Goldbarren – oder auch Schulden. Ich habe von Tante Hannah eine Truhe mit Zeitungsschnipseln geerbt. Tante Hannah saß jedes Wochenende mit einer Tasse Tee auf dem Balkon und blätterte Zeitungen nach Meldungen durch. Manche schnitt sie aus und bewahrte sie in ihrer Truhe auf. Es ging darin um ungewöhnliche Tode.

„Mann mit Kanu gekentert und ertrunken", steht in einer Meldung. „24-Jährige nach Wanderung auf Herzogberg tot geborgen", „Bauhofmitarbeiter in Müllpresse zerquetscht", „Herzinfarkt: Mann parkt zum Onanieren und stirbt beim Orgasmus".

„Es gibt so viele Möglichkeiten zu sterben, Chrisselchen!", sagte Tante Hannah zu mir, wenn sie ihre Schere zückte. In ihrer Stimme lag dann etwas Ehrfürchtiges, sie flüsterte fast.

Ich heiße Christoph, aber sie nannte mich Chrisselchen.

Tante Hannah war ein Mensch mit starken Prinzipien und einem Herz für Ausnahmen. Meine Mutter war 22 und im zweiten Semester ihres Medizinstudiums, als sie aus Versehen mit mir schwanger wurde. Tante Hannah, damals noch einfach Hannah, war zu diesem Zeitpunkt 34 und hatte beschlossen, aus Klimaschutzgründen keine Kinder zu kriegen. Sie war der erste Mensch, den Mama anrief, als sich ihr Schwangerschaftstest in zwei Streifen verwandelte. Hannah jubelte am Telefon und kündigte gleich am nächsten Tag ihren Job, um in Zukunft auf mich aufzupassen. Vielleicht hatte sie nur darauf gewartet, endlich wieder frei zu arbeiten und weniger Geld zu haben.

Zusammen mit einer Handvoll anderer Menschen wohnte sie in einem Haus mit Garten und Balkon in einem Seitental von Freiburg. Die Mitbewohner kamen und gingen über die Jahre. Bloß einer war immer mit meiner Tante, und das war ihr Franzl.

Die beiden waren wie Kinder. Beim Essen mussten sie immer nebeneinandersitzen. Damit Tante Hannah, wenn sie müde wurde, ihren Kopf an seine Schulter legen konnte. Meine Mutter verdrehte die Augen, wenn für die beiden Stühle gerückt wurden. Ich aber konnte sie gut verstehen. „Pass auf dich auf", sagte Tante Hannah zu ihrem Franzl bei jedem Abschied, selbst wenn er nur einkaufen ging. Für sie trug er einen orangefarbenen Helm beim Fahrradfahren. Sie selbst trug keinen.

„Hannah, warum schneidest du immer was aus der Zeitung aus?", fragte ich sie an einem Samstagmorgen, es waren meine ersten Sommerferien in der Grundschule. Wir saßen auf dem Balkon, Tante Hannah mit einer Zeitung in der Hand, die sie aus dem Zeitungsständer an der Straßenecke mitgenommen hatte, ohne eine Münze einzuwerfen, und ich mit einer Schale Himbeeren im Schoß. Im Sommer gab es morgens, mittags und abends Beeren bei Tante Hannah. Bis sich meine Mutter bei ihr beschwerte, weil ich ständig Durchfall hatte.

„Chrisselchen", sagte Tante Hannah und strich mir über die Haare. „Weil es so viele Möglichkeiten gibt zu sterben."

„Aber warum schneidest du die Artikel aus?"

„Eines Tages schreibe ich einen Roman damit."

Ich betrachtete die Himbeere, die ich über meinen Zeigefinger gestülpt hatte. „Aber warum?"

„Weil keiner weiß, wann er sterben wird. Das ist ja das Spannende am Leben."

Ich saugte die dunkelrote Beere von meinem Finger. Sie schmeckte warm und süß und auch ein bisschen faulig, erdig, nach Vergärung.

„Weißt du", sagte Tante Hannah, „als deine Mama und ich jung waren, dachten wir immer, wir würden jung sterben. Ich dachte nicht, dass ich 30 werden würde. Deine Mama dachte, sie würde nicht älter als 18. Ich weiß nicht, warum wir das dachten. Wir wussten auch voneinander lange nicht, dass wir das dachten."

Mit der Zunge versuchte ich, ein Kernchen aus dem Backenzahn zu lösen.

„Irgendwann haben wir uns das erzählt. Da war ich 28 und deine Mama 16. Und dann hatten wir Tränen in den Augen, weil wir das so gruselig fanden. Wir dachten, wenn wir beide so etwas Komisches glaubten, dann musste es eine Vorahnung sein. Und dann dachten wir, wir hätten nur noch zwei Jahre zu leben. Je älter wir wurden, desto öfter hatten wir Gänsehaut und Tränen in den Augen."

Tante Hannah griff nach einer Himbeere und setzte sie sich auf den Finger. „Aber wir haben auch oft über uns selber gelacht. Weil wir so bescheuert waren."

Und dann erzählte sie, wie sie einmal knapp dem Tod entkommen war. „Da waren deine Mutter und ich am Flughafen. Wir wollten unseren Cousin abholen, aber der ist einfach nicht aufgetaucht. Dein Großvater war auch dabei, zu dritt saßen wir in der Wartehalle." Und dann habe es eine Lautsprecherdurchsage gegeben: „Die Besitzer der beiden Koffer am Ausgang A, Terminal eins, werden gebeten, unverzüglich zu ihren Gepäckstücken zurückzukehren." Hannah sah sich um und entdeckte die beiden Koffer genau hinter sich. Einsam und bedrohlich standen sie da, kein Mensch kehrte zu ihnen zurück. Die Lautsprecherstimme wiederholte sich: „Die Besitzer der beiden Koffer am Ausgang A, Terminal eins, werden gebeten, unverzüglich zu ihren Gepäckstücken zurückzukehren." Hannah ahnte: „Vielleicht ist es jetzt so weit." Es waren nur noch sechs Monate bis zu Hannahs 30. Geburtstag. Sprengstoff musste in den Koffern lauern.

„Können wir ein paar Meter weggehen?", fragte Hannah.

„Warum?", fragte ihr Vater.

Meine Mutter hatte schon begriffen. Sie grinste. „Du bist so ein Angsthase, Hannah!" Aber sie willigte ein. „Komm, Papa, wir gehen ein paar Meter weg."

Bloß mein Großvater, der begriff nicht. „Warum soll ich jetzt aufstehen?", fragte er. „Ich bleib hier sitzen."

Meine Mutter und meine Tante warfen sich einen Blick zu. Dann gaben sie sich ihrem Schicksal hin.

„So also sterbe ich", dachte Hannah. Eine Kofferbombe würde sie töten. Aber dann tat sich die Schiebetüre auf und ein großer, strahlender Mann trat in die Wartehalle. Ihr Cousin. Mein Großvater, meine Mutter und Hannah sprangen auf und liefen zu ihm und ließen die Koffer hinter sich.

Diese Geschichte erzählte mir Hannah, und als mich meine Mutter an diesem Abend ins Bett brachte, fragte ich sie, ob die Koffer explodiert seien, nachdem sie den Flughafen verlassen hatten. Meine Mutter wurde rot. „Hat Hannah immer noch diesen Quatsch im Kopf?", fragte sie.

Beim nächsten Mal fragte ich Tante Hannah, ob sie schon öfter dem Tod entkommen war. Und ja, Hunderte Male war sie dem Tod entkommen! Und immer, wenn ich müde war, durfte ich fortan meinen Kopf an Tante

Hannahs große, weiche Brüste lehnen, und sie erzählte mir eine dieser Geschichten.

Einmal zum Beispiel war sie mit ihrem Franzl auf Sizilien. Dort schliefen sie in Hannahs rostigem, gelbem VW-Bus. An einem Abend parkten
sie an einem Felsen am Rande eines Fischerdorfes. Hannah wollte meine
Mutter anrufen und ging ein paar Meter spazieren. Da spürte sie plötzlich
einen Schmerz in der Ferse, als hätte sie sich in einer Dornenhecke verhed-
dert. Hannah drehte sich um, und vor ihr duckte sich ein Fuchs und setzte
zum Sprung an. Hannah schrie, halb überrascht, halb angewidert, und ihre
Stimme klang so hysterisch, dass Franzl ein paar Meter entfernt in seinem
Bus sie nicht erkannte. Er pfiff vor sich hin und wunderte sich, welche italienische Hausfrau sich wohl gerade vor einer Maus erschreckte. Hannah
trat mit dem Fuß in die Luft in Richtung Fuchs, und den Fuchs amüsierte
das, er schnappte nach ihren Füßen und zeigte seine spitzen Zähne. Und
dann machte Hannah etwas, von dem sie wusste, dass es eigentlich dumm
war. Sie rannte los. Und der Fuchs hinter ihr her. Und im Laufen schnappte
er nach ihrer Hand. „Der Fuchs hatte bestimmt einen Riesenspaß bei der
Sache", sagte Tante Hannah zu mir. „Wahrscheinlich hat er abends in der
Fuchskneipe von mir erzählt, und alle haben gelacht."

Hannah schaffte es gerade so bis zum Bus. Franz riss die Tür auf, weil
er dachte, die italienische Hausfrau brauche Hilfe. Hannah stürzte zu ihm
hinein.

Der Fuchs blieb vor dem Auto stehen und zögerte. Und Franzl pfiff seinen lauten, scharfen Pfiff. Der Fuchs senkte den Kopf und trottete davon,
drehte sich aber noch ein paarmal um, als wollte er den beiden noch ein paar
letzte Argumente vorlegen und Beleidigungen verteilen.

Hannah und Franz waren da aber schon mit dem Blut beschäftigt, das
aus Hannahs Ferse lief. Sie riefen meinen Großvater an, der war Arzt und
sagte, dass der Fuchs wahrscheinlich Tollwut hatte. „Tollwut ist eine fiese
Krankheit, bei der man schreckliche Angst vor Wasser bekommt und am
Ende stirbt", erklärte mir Tante Hannah. „Man hat nur 24 Stunden Zeit, um
die Spritze zu bekommen. Danach ist es zu spät."

Die ganze Nacht und den ganzen nächsten Tag fuhren Franzl und Hannah auf der Suche nach dem Gegengift, einer Impfung, auf der Insel herum.
Immer wieder legte Franz seine Hand auf Hannahs Oberschenkel, lächelte
und sagte: „Hannah, hör auf, dir Gedanken zu machen! Du wirst nicht sterben."

Und Hannah lächelte auch und sagte: „Ja, ich weiß." Und dann guckte
sie aus dem Fenster und schluckte.

Sie hat die Impfung in letzter Minute bekommen.

„Hast du Angst vor deinem Tod?", fragte ich Tante Hannah eines Nachmittags, als wir auf dem Balkon saßen und Stachelbeeren aßen.

„Nein", sagte sie. „Nicht vor meinem eigenen." Und sie zog mich an sich und ihr Blick wanderte zu ihrem Franzl, der unten im Garten die Beerenranken zusammenband und fluchte.

Onkel Franz war ein Mann mit Vollbart und Locken an der Brust, der mich das Pfeifen lehrte – fröhliche Liedchen und auch den strengen Pfiff, um Füchse zu vertreiben. Von ihm lernte ich auch, dass man, wenn man an einem Polizeiauto vorbeifuhr, hektisch auf dem Sitz herumrutschen und „Scheißbullen" grummeln musste. In seiner Werkstatt schreinerte er alle möglichen Geschenke mit mir. Ein Stehpult für meine Mutter, ein Vogelhäuschen für die neue Freundin meiner Mutter, einen Hocker für mich, damit ich an die Küchenschränke kam. Auch die Truhe für die Schnipsel schreinerten wir zusammen. Onkel Franz glaubte an Hannahs Roman. Er hatte wuchtige, raue Hände, die zart wurden, wenn er ihr die Haare hinter die Ohren strich.

Ich glaube, wenn es eine Sache gab, die zwischen meiner Mutter und meiner Tante stand, dann war es Onkel Franz. Nicht er als Mensch. Aber die Innigkeit, mit der meine Tante und er sich liebten.

Sie hielten einander oft an der Hand. Und ließen einander los, wenn meine Mutter in die Nähe kam.

„Du bist noch jung", hörte ich einmal meine Tante zu meiner Mutter sagen. „Als ich so alt war wie du, kannte ich Franz auch noch nicht."

„Das stimmt nicht, Hannah", entgegnete meine Mutter. „Als du so alt warst wie ich, seid ihr zusammengekommen."

Meine Tante und meine Mutter standen in der Küche unserer Wohnung, es war Freitagabend und beide hatten ein Glas Sekt in der Hand. Meine Mutter hatte ihr zweites Staatsexamen geschafft. Sie war jetzt eine richtige Ärztin. Ich weiß noch, wie stolz ich auf meine Mama war. Ich hatte allen in meiner Klasse, der 4b, und auch denen von der 4a davon erzählt. Aber an diesem Abend sagte meine Mutter zu meiner Tante: „Ich zeig dir ein Lied." Und dann machte sie ein Lied an, das so traurig klang, dass ich am liebsten weinen wollte. Meine Tante starrte auf den Boden, und ich zog mich in mein Zimmer zurück.

Ein paar Tage später wachte ich von Geschirrklirren auf. Ich tappte in die Küche. Es war Tatjana, die Freundin meiner Mutter. Eine schöne Frau mit dicken, schwarzen Haaren. Ich hatte ihr drei Jahre zuvor das Vogelhäuschen geschenkt. Sie suchte in der Spülmaschine nach den Blumentassen, die sie bei ihrem Einzug mitgebracht hatte, und stellte alles, was ihr im

Weg war, so heftig auf die Küchenplatte, dass ich fürchtete, es würde zerbrechen. „Du wirst es bereuen", kreischte Tatjana. Meine Mutter lehnte an der Küchentür, die Arme vor der Brust verschränkt, und zwinkerte mir ohne ein Lächeln zu. Tatjana kreischte oft. Danach war sie immer ganz lieb und sprach mit mir, als sei ich ein Baby. Aber diesmal knallte sie die Wohnungstür so heftig hinter sich zu, dass die Stille danach ganz unwirklich war. Meine Mutter rutschte mit dem Rücken die Wand hinunter und ließ sich auf den Boden plumpsen. Sie streckte die Hand nach mir aus. Meine Mutter, wie ich sie kannte, hätte an dieser Stelle einen Witz gemacht. Aber an diesem Morgen zog sie mich zu sich und sagte: „Rufst du Hannah und Franz an?"

Eine Stunde später ging Onkel Franz mit mir Eis essen – Schokolade, Zitrone – und dann in die Werkstatt. Wir bauten einen Rahmen für die Ärztinnenurkunde meiner Mutter. Hannah blieb bei meiner Mutter. Abends kochten Onkel Franz und ich für die beiden Spaghetti, und beim Essen sagte meine Mutter: „Bei uns stand heute dreimal die Polizei vor der Tür." Hannah und sie hatten, nachdem Onkel Franz und ich das Haus verlassen hatten, Musik aufgedreht und den ganzen Nachmittag getanzt. Und vor lauter Spaß hatten sie gar nicht gehört, wie die Nachbarin aus dem aus der Wohnung darunter mit dem Besen an die Decke hämmerte.

Ich wünschte mir als Kind oft, auch ein Geschwisterchen zu haben. Ich wollte sein wie meine Mutter und Tante Hannah. „Geduld", sagte Tante Hannah. „Ich musste auch zwölf Jahre warten, bis deine Mutter auf die Welt kam."

Und tatsächlich, ich musste bloß Geduld haben. Denn einer der Polizisten, die meine Mutter und meine Tante beim Tanzen gestört hatten, klingelte ein paar Tage später wieder an unserer Tür. Und ein paar Tage später wieder. Und eines Morgens stand er in einer Blümchenunterhose in unserer Küche, die mich an das Muster von Tatjanas Tassen erinnerte. Und alle fanden das lustig, bloß Onkel Franz wurde blass.

Und dann kam der Donnerstag, der 10. Juni. Ich war elf Jahre alt. Meine Tante hatte zu meinem Geburtstag gesagt, dass es doch verrückt sei, dass man sein Leben lang nicht wisse, welcher der eigene Todestag sein würde. Tante Hannah, es war der 10. Juni. Ein Donnerstag. Ein paar Tage später wurden die Himbeeren in deinem Garten dunkelrot.

Meine Tante und Onkel Franz waren an diesem Vormittag zum See geradelt. Tante Hannah hatte noch nasse Haare, als meine Mutter mich vorbeibrachte. „Du bist ganz braun geworden", sagte Franzl zu Tante Hannah und nahm ihren Kopf in seine Pranken. Tante Hannah prüfte mit einem eiligen Blick, ob es meine Mutter gesehen hatte. Aber die hatte bloß ihren

Bullen im Kopf, drückte mir einen Kuss auf die Wange und schlug die Tür hinter sich zu.

„Wollen wir auf dem Balkon essen?", fragte Tante Hannah und hob drei Müslischüsseln aus dem Küchenschrank.

„Nein, es ist viel zu warm", sagte Onkel Franz. „Lass uns im Schatten im Garten sitzen."

„Komm schon, die Sonne ist so schön!"

„Das ist auch nicht gut für Christoph, der kriegt nen Sonnenbrand", sagte Onkel Franz und legte seine Hand an meinen Rücken.

Ich schüttelte eifrig den Kopf. „Nein, nein, mir macht die Sonne nichts."

Onkel Franz seufzte, füllte Wasser in eine Karaffe und stellte sie mit den Schälchen und Gläsern auf ein Tablett. Dann ging er nach oben. Tante Hannah wusch einen Pfirsich und drehte sich zu mir um. „Wie geht es dir, Chrisselchen?"

Meine Antwort wurde von einem Krachen übertönt. Das Haus bebte, es klang, als würden Felsbrocken von einem Berg abbrechen. Tante Hannah ließ den Pfirsich fallen und rannte die Treppe nach oben. Ich hörte sie schreien, dann wimmern. Es klatschte.

Ich stand in der Küche und traute mich nicht, mich zu bewegen. „Tante?", rief ich in die Stille. „Franz?" Meine Beine waren gelähmt, als hätte mich jemand aus dem Tiefschlaf gerissen. Schritt für Schritt zwang ich mich nach draußen. Auf der Terrasse lagen Betonbrocken, Holzplatten, Erde, kaputte Pflanzenkübel. Dazwischen Tante Hannah und Onkel Franz, mit abgewinkelten Gliedern.

Balkon bricht unter Mann weg, Frau stürzt hinterher
Freiburg. Weil der Boden des Balkons unter seinen Füßen weggebrochen ist, hat sich ein Mann in Freiburg beim Sturz in die Tiefe schwer verletzt. Zeugenaussagen zufolge eilte seine Frau erschrocken herbei, sah ihn von oben und nahm Anlauf. Sie stürzte in den Tod. Die Polizei geht davon aus, dass sie ihren Mann für tot gehalten und daraufhin Selbstmord begangen hat. Die Ursache für den defekten Balkon soll Polizeiangaben zufolge ein Sachverständiger klären. dpa

Die Truhe mit den Zeitungsschnipseln steht jetzt unter meinem Bett. Onkel Franz hat gesagt, ich könne sie behalten. Tante Hannahs Todesmeldung hab ich ohne seine Hilfe eingerahmt.

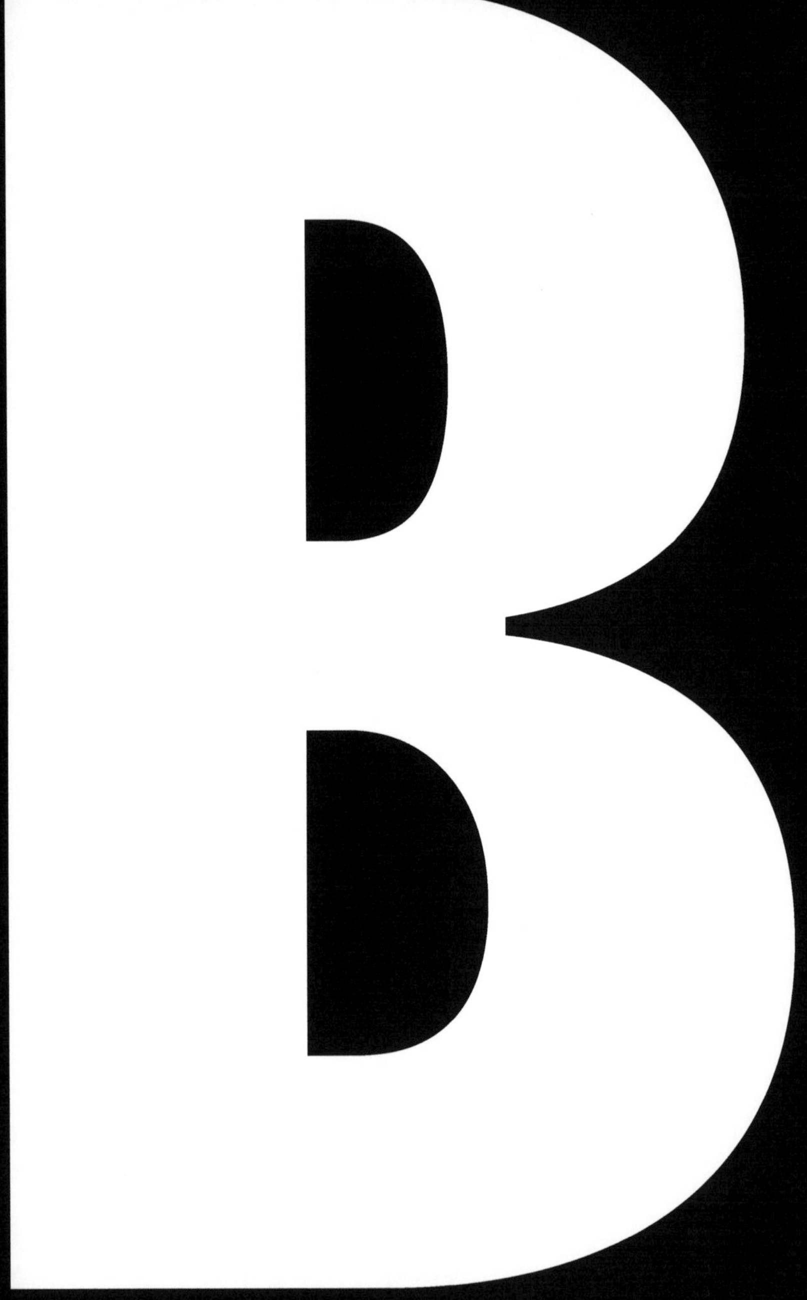

Bonus

Laila Sieber:
Scheinhaft

A Tribute to Elfriede Jelinek

katarinas chance

DAS ist katarinas chance. katarina will einmal was besseres werden. besser als die mutti, die keine freizeit hat und immerzu in der küche steht und keine freizeit hat und immerzu den vatta versorgen muss.

mutti ist die frau. mutti ist die frau vom vatta und damit seine dienerin. und deswegen hat sie keine freizeit. die mutti heißt renate und muss dem vatta zuschaun wie er ihr essen, für das sie den ganzen tag in der küche steht, verschlingt und wie auch die freunde vom vatta das verschlingen. Es ist ein würgen wie bei einer schlange die ein ganzes tier verschluckt, nur dass eine schlange viel dünner ist als der vatta. die freunde vom vatta die immer männer sind und der vatta auch die nehmen ein großes stück fleisch und verschlingen es, für das die mutta mindestens den halben tag in der küche verbracht hat und deswegen keine freizeit hat weil sie muss ja auch noch die verschissenen unterhosen und die verschwitzen socken vom vatta waschen. am anderen halben tag. dafür wechselt die mutta allerdings in die waschküche, denn sowas gehört nicht in ihre blitzsaubere küche an ihren blitzsauberen herd.

katarina will also was besseres werden und denkt, wenn sie debütantin ist an diesem wunderbaren opernball in ihrem wunderbaren heimatland dann wird sie das finden was aus ihr etwas besseres macht: einen MANN.

mutti weiß darüber ganz genau bescheid. sie hat sich das schon früh überlegt mit ihrer tochter und deswegen musste katarina auch tanzen lernen, weil die mutta das schon früh geplant hat mit der zukunft von katarina, die auch die zukunft der mutta ist. katarina du musst schaun dass du einen mann bekommst der dir eine zukunft bietet. katarina muss schaun dass sie schöne kleider bekommt, schauen dass sie ein schönes haus mit einem garten davor bekommt mit schönen möbeln drin und einem schreienden säugling. das alles soll dann katarina gehören weil es ja dem MANN gehört den sie jetzt noch finden muss (und der ball ist eine geeignete gelegenheit dafür).

die mutta nimmt also all ihre ersparnisse und gibt sie katarina damit sie debütantin sein kann. debütantin sein ist teuer, aber ein mann mit haus und garten davor und einem schicken auto ist mehr wert, nicht nur für katarinas zukunft, auch für die von der mutta renate. renate muss schon ans alter denken und daran dass der vatta alles geld versäuft.

das nennt man vorsorge fürs alter.

für renate hat überhaupt noch nie jemand vorgesorgt, für renate hat noch nicht einmal jemand gesorgt. renate sorgt den ganzen tag für den vatta.

mariannes pflicht

heute hat marianne stress. sie MUSS unbedingt zum frisör um das alter zu verdecken, die hässlichen grauen ansätze an den fettigen immer dünner werdenden haaren, sie MUSS unbedingt zur kosmetikerin um das alter zu verdecken, sich pampige schmierige farbe ins gesicht schmieren lassen und damit die unterlaufenen lider unter den grauen augen zu verdecken (die unterlaufenen lider sieht man natürlich trotzdem, aber man versucht ja das beste) und lange harte rotlackierte nägel auf die stümmelfingerchen kleben und sie MUSS sich ein kleid kaufen, um ihre alternden silikontitten mit den operationsnarben unter dem winkel, der sich zwischen hautfleckiger bauchspeckrolle und unterem brustansatz befindet, einzuquetschen und zu präsentieren. die narben sieht zum glück kein außenstehender.

die gesellschaft in die sich marianne heute abend begeben wird verlangt die vermeintliche schönheit und den betrug der silikontitten, dabei ist marianne doch eigentlich sehr tiefgründig, sie glaubt es jedenfalls, weil sie es scheinhaft einmal war bevor sie sich um ihre existenzsicherung: KLAUS sorgen machen musste.

keiner mag hängebrüste.

marianne ist gestresst, weil sie klaus, die existenzsicherung, nicht hergeben will. am liebsten würde marianne auf diesem silikonbetitteten fest immer bei klaus sein und allen zeigen: das ist meiner. MEINER. MEINER.

aber klaus will nicht immer bei marianne sein.

klaus will trotz anfangender rückenschmerzen und sich bildenden haaren auf ohren und nase rammeln und zwar nicht nur mit marianne. klaus ist rammelsüchtig und der pumpenschwengel von klaus will öfter aktiv sein als marianne das ertragen kann, die wird dabei ganz rammeldösig, was nicht verwunderlich ist.

doch marianne erträgt einiges. es geht schließlich um die existenz, um IHRE existenz um die EIGENE. ich! meins!

marianne versucht alles um die aufmerksamkeit von klaus auf sich zu ziehen.

klaus versucht alles um die aufmerksamkeit von marianne abzuwenden.

dabei hasst marianne den, den sie lügenderweise einmal behauptete zu lieben.

klaus hasst nicht. klaus beachtet nur nicht.

klaus beachtet nur nicht marianne.

katarinas tanzpartner

ist heiner. heiner wäre DIE zukunft für katarina, denn heiner ist der sohn eines anwalts. auch heiner wird einmal anwalt werden. er wird ein haus mit einem garten davor besitzen und ein schickes auto. aber keinen schreienden säugling. heiner ist schwul.

jetzt bereut katarina sehr, dass sie eine frau ist, die eine vagina hat. jetzt wäre katarina viel lieber ein mann, der einen schwanz hat.

ihr körper, der schön ist, bringt bei einem mann, der schwul ist, nichts. überhaupt NICHTS. katarina beneidet die anderen jungdamen, die einen partner haben der nicht schwul ist. manche haben sogar besonderes glück und haben einen partner der einmal arzt oder ingenieur wird. es gibt auch solche die selber etwas werden wollen. bis sie einen mann haben für den gesorgt werden muss.

katarina wird höchstens einmal fachverkäuferin und braucht deswegen einen mann mit einem haus mit einem garten davor und einem schicken auto und außerdem einen säugling der schreit.

katarina hat aber einen schwulen tanzpartner.

katarina muss mit ihrem schicksal noch warten.

und alles glitzert mehr als marianne

schon beim traditionellen sektempfang – was für eine blöde tradition! - will klaus marianne nicht mehr beachten. es gibt so viele andere frauen mit glitzernden kleidern und präsentierten silikontitten. es gibt sogar frauen die noch so jung sind dass sie noch gar keine silikonstopfende brust-op brauchen. in jungen jahren sind die brüste ganz von allein knackig und die mösen frisch.

marianne gehört nicht dazu. nicht mehr. marianne ist abgenutzt und da helfen nicht mal mehr silikontitten. selbst mariannes möse ist abgenutzt und deswegen nimmt klaus lieber ihren po. das ist das einzige was marianne noch zu bieten hat und deswegen MUSS sie den klausschwanz dort hineinplatziert dulden. für klaus, der dabei grunzt wie ein tier, ist das der beweis seiner männlichen überlegenheit. für marianne ist es eine qual.

was für den körper von klaus eine freude ist, bereitet dem körper von marianne schmerzen. auch noch lange danach, wenn sie kacken muss.

und alles glitzert mehr als marianne.

katarina will ihr schicksal bekommen

die eröffnungszeremonie ist für die debütanten, zusammengestellt aus jungen verwöhnten männern aus gutem elternhaus, die einmal arzt oder ingenieur werden und jungen frauen die einmal eine villa mit einem park davor und einen schreienden säugling haben wollen, der anfang eines gewünschten einstiegs in die glanzgesellschaft. sie hoffen, dass etwas vom glanz der großen auf sie abfällt. und wie sie scheint, die glanzgesellschaft!

katarina beherrscht ihre schritte ohne zweifel perfekt, um auch einmal etwas positives zu sagen, das hier ist doch kein trauerspiel! mit ihrem schwulen tanzpartner mitten unter dem jungdamen- und jungherrenkomitee, gefühlt die einzige ohne schicksal, das durch den jungherren kommen sollte, tatsächlich nicht die einzige schicksalsverlassene.

nachdem die pflichtübung der choreografie ausgeführt ist, vergisst katarina für einen kurzen moment was die mutta renate ihr jahrelang eingetrichtert hat. so eine masse von körpern, die in anzüge und kleider gesteckt sind, um die nackte hässlichkeit unter der oberfläche zu verbergen, das ist die kati nicht gewohnt. kein bisschen ist sie das gewohnt und woher auch? dann aber fällt ihr blick auf die männer und blitzschnell, so schnell wie sie eigentlich gar nicht denken kann, erinnert sie sich warum sie hier ist: wegen ihrer ZUKUNFT.

katarina schaut sich also um und sieht ihre zukunft leuchten. wie ein sonnenstrahl! garantiert besitzt jeder dieser zu erobernden schwanzträger ein haus mit einem garten davor. was sie nicht weiß weil sie es sich nicht richtig vorstellen kann: die meisten besitzen nicht nur ein haus mit einem garten davor sondern eine villa mit einem park davor in der die frau wenn sie schon geheiratet wurde mit den zwei kindern wohnt. hinzu kommt außerdem noch eine wohnung mit einer geliebten die möglichst jung ist.

katarinas sinne laufen auf hochtouren und k. bewegt ihren körper, um auf die suche zu gehen. besonders wichtig sind hierbei brust und po, alles für die zukunft. und für die altersvorsorge der mutta. was katarina nicht denkt.

katarina spürt, dass die blase drückt und dem natürlichen bedürfnis sie zu leeren folgt der gang zum klo.

und wieder stöhnt marianne

in der loge zwei stock höher fängt auch mariannes verdauung an sie aufs opernklo zu drängen. marianne bahnt sich durch die masse einen weg zum klo.

katarina bahnt sich durch die masse einen weg zum klo.

katarina wird sich danach besser fühlen.

marianne wird sich danach schlechter fühlen.

genau wie das ganze opernhaus ist auch das klo elegant eingerichtet. es gibt große spiegel und kleine spiegel und echte handtücher und immer frisches klopapier, die teuerste marke. aber all das hilft nichts. selbst die opernballgesellschaft verhält sich wie ein schmutzfink.

auf dem klodeckel von marianne ist ein pipitröpfchen.

auf dem klodeckel von katarina ist eine scheißspur.

marianne wischt das tröpfchen weg und legt eine doppellage klopapier auf die klobrille. katarina geht in hockposition knapp über der klobrille mit der scheißspur.

katarina erleichtert sich.

marianne drückt und es schmerzt im verrissenen arsch dass sie laut stöhnen muss.

marianne verflucht klaus und seine gier auf ihren arsch, die oft so stark ist, dass sie von klaus die sofortige zielführung in den mariannenkörper verlangt. auch mit gewalt, wenn es sein muss.

katarina tritt aus der kabine, zurück bleibt eine scheißspur.

marianne tritt aus der kabine, zurück bleibt ein klodeckelabdruck. auf ihrem gepeinigten hintern.

katarina betrachtet ihr junges gesicht im großen spiegel und findet sich schön. auf zur zukunft!

marianne betrachtet ihr altes gesicht im kleinen spiegel und erkennt, dass die unterlaufenen lider unter den grauen augen trotz schminke sichtbar

sind. willkommen in der gegenwart! katarina verlässt das klo
marianne verlässt das klo.
beide verlassen das klo.
katarina verlässt sich auf ihre schönheit.
marianne wird von ihrer schönheit verlassen.
zeitgleich treten katarina und marianne aus der tür auf den gang hinaus und von dort in den saal hinein.
katarina betritt ihre zukunft.
marianne betritt ihre vergangenheit.
dabei begegnen sich ihre blicke.
katarina, guten mutes, lächelt marianne an.
marianne, schlechten mutes, grinst böse zurück.
katarinas zukunft wird mariannes vergangenheit sein.
mariannes vergangenheit wird katarinas zukunft sein.

klaus und heiner finden ihr glück

an der bar im saal sitzen heiner und klaus.

heiner sucht einen geeigneten mann.

klaus sucht eine geeignete frau.

katarina entdeckt klaus neben heiner, ihrem schwulen und deswegen unnützen tanzpartner an der bar. die zukunft ruft! der sonnenstrahl!

katarina sieht keine wegrasierten haare auf der klausnase und dem klausohr. katarina sieht keinen kaputten klausrücken.

katarina sieht das haus vom klaus mit garten davor und schönen möbeln drin und ein schickes auto, das klaus ihr schenken wird, und einen schreienden säugling, den klaus ihr machen wird. katarina macht sich bemerkbar. sie wackelt mit den RICHTIGEN körperteilen. dem hintern und den brüsten. das entgeht klaus nicht. er sieht den knackigen frischen po der katarina und ihn überkommen gedanken, die für ihn glück bedeuten.

katarina präsentiert sich in ihrer ganzen jungen knackigen form und klaus lässt sich diese gelegenheit nicht entgehen. die dicke klaushand schnappt nach dem frischen katarinenpopo. in gedanken. in wirklichkeit gibt klaus der katarina seine karte   „küß die hand, gnädigste"   und galant manierlich wird ein treffen vereinbart. klaus freut sich auf frischfleisch. katarina freut sich auf ein haus mit einem garten davor mit schönen möbeln drin und einem schreienden säugling. katarina freut sich auf ihre zukunft. das wird auch die mutta renate erfreuen!

auch heiner findet sein glück, einen homosexuellen partner. es ist ein unterschied zwischen dem glück von klaus und dem glück von heiner. klaus' glück ist eine frau. heiners glück ist ein mann. klaus weiß nicht dass bei heiner die liebe eine rolle spielt. bei klaus spielt die liebe keine rolle. klaus hat in seinem kopf keinen platz mehr für liebesgedanken sondern nur für fickeleien. wegen seiner rammelsüchtigkeit. für die er nichts kann.

das weiß katarina nicht. katarina sieht in klaus ihre zukunft, ein haus mit garten davor und schönen möbeln drin und ein schickes auto, das klaus ihr schenken wird und einen schreienden säugling, den klaus ihr machen wird. dafür will katarina alles geben.

doch auch wenn sie sich noch so den arsch aufreißen wird, ihre zukunft ist mariannes vergangenheit.

ein aufgerissener arsch.

LAILA SIEBER: SCHEINHAFT